# El Éxtasis de lo Prohibido

## Después de que Nadia descubre que Bady la engaña

**Ashley Colem**

This is a work of fiction. Similarities to real people, places, or events are entirely coincidental.

EL ÉXTASIS DE LO PROHIBIDO: DESPUÉS DE QUE NADIA DESCUBRE QUE BADY LA ENGAÑA

**First edition. January 14, 2024.**



ISBN: 979-8224798988

Written by Ashley Colem.

# Also by Ashley Colem

Bien Trop Brutal

Obsede Par Elle

Limite dépassée

Amour Improbable

Kataliya, la Parfaite Élue

Le Choix Ultime d'un Seul Amour

Réveille-toi, Barbara

Sexe à Répétition

Taïna est en feu

Captive d'une Nuit Enneigée: Jusqu'à ce qu'elle apparaisse et que son âme se sente captivée

Ces Attouchements Tabous: Cette nuit-là, il a changé ma vie pour toujours

Épuisement: Sienna est peut-être jeune, mais son corps sait ce dont il a besoin

Il va l'avoir: William veut Jesse plus que tout au monde

La Femme de ses Rêves: Il est obsédé par la jeune beauté qui lui a volé son cœur

Le No 1 des Connards: Il ne cherche pas d'excuses pour ce qu'il est ou ce qu'il fait

L'étrange Mariage du Milliardaire

Maintenant... Elle est à moi pour Toujours: Je mets un bébé dans son ventre et une bague en diamant à son doigt

Piégé par elle

Tenir si Fort: Il ne savait pas qu'une obsession pouvait s'emparer de lui aussi fort

Un Alpha de Mauvais Caractère: Aucune femme n'a jamais été capable de le gérer

Un Échange Très Étrange: Le destin de Cian et de Serenity, croisés dans un lycée américain

Limite Superato

Amore Improbabile

Kataliya, la Perfetta

La Scelta Definitiva di un Singolo Amore

Sesso ripetuto

Taina è in Fiamme

Esaurimento

Intrappolato da lei

La Donna dei Suoi Sogni

Lo Stronzo #1

Ora è mia... per sempre

Prigioniero in una Notte di Neve

Sta per Averla

Stringere Così Forte

Obsession: Tout a changé la première fois que Jackson a vu Dina

Svegliati, Barbara: Stare con Clark diventa un grosso problema

Agarra tan Fuerte

Atrapado por ella: La persona a la que quería hacer daño resultó ser la única que le había llegado al corazón

El Éxtasis de lo Prohibido: Después de que Nadia descubre que Bady la engaña

El gilipollas nº 1: No pone excusas por lo que es o por lo que hace

L'estasi del Proibito: Dopo che Nadia scopre che Bady la tradisce

L'extase de l'interdit: Après que Nadia découvre que Bady la trompe

Nadia, de 18 años, no está segura de sus deseos, pero es consciente de que su novio del instituto no es la persona adecuada para ella. Bady la ha estado engañando, lo que confirma su preocupación de que él sea más un jugador que un cónyuge comprometido.

Nadia es llevada por su amiga a un pub, donde conoce a un hombre encantador que la hace perder la inocencia. Ella cree que ha encontrado una persona de confianza. hasta que no la vuelva a llamar...

El compañero de cuarto de Nadia la obliga a abandonar su apartamento un mes después. Su última oportunidad parecía ideal después de buscar por toda la ciudad un nuevo hogar donde residir. Hasta que se encuentra con el propietario, una figura familiar de hace un mes, que debe aprobar su contrato de arrendamiento.

# Capítulo 1

Nadia

Bady quiere tener sexo conmigo esta noche. Sé que lo hace. No lo ha dicho en voz alta, pero no es necesario. Cualquier chica te dirá que simplemente sabe cuándo un chico quiere hacerlo. Está escrito por todas partes. Desde sus palabras, hasta su rostro, hasta su forma de moverse. Y además de eso, Bady me preguntó si podía llevarme a cenar esta noche a mi restaurante favorito cuando ni siquiera es mi cumpleaños o nuestro aniversario o cualquier tipo de ocasión especial.

"Sólo porque sí", fue su explicación. Sonreí y seguí adelante, fingiendo que no sabía qué estaba haciendo él o cuál era su motivación, pero lo sabía. Me sostuvo la puerta del auto, luego la puerta del restaurante cuando llegamos allí, e incluso me acercó la silla a la mesa como si fuera una especie de princesa o algo así.

Todo fue exagerado, pero ¿qué se suponía que debía decir? "Está bien, Bady, puedes dejar el acto, sé lo que estás haciendo"

No, simplemente lo dejé hacer lo suyo y sonreí mientras nos sentábamos uno al lado del otro en la mesa hibachi y veíamos al chef agitar sus espátulas de metal, haciendo volcanes de arroz frito y arrojándonos camarones y trozos de carne con loca precisión. No sé por qué piensa que el hibachi es mi cosa favorita en el mundo. Supongo que porque le mencioné que fui a Hibachi para mis quince años y la pasé muy bien, y eso es todo lo que recuerda de mí.

Al menos recuerda algo, supongo...

Compartimos un helado de té verde, él tomó la cuenta y luego me sostuvo todas las puertas al salir.

Hemos estado saliendo durante unos cuatro meses. Nuestra relación comenzó al final del último año y continuó hasta la graduación. Bady trabaja para la compañía financiera de su padre y todavía no estoy totalmente seguro de qué hace exactamente, pero parecía bastante amable cuando nos conocimos. Nunca había tenido novio antes que él, y él no era un completo imbécil, así que supongo que por eso dije que sí cuando me pidió que saliera con él. Pero desde entonces, las cosas entre nosotros han ido empeorando constantemente, al menos en mi opinión. Sin embargo, no estoy seguro de si Bady siente lo mismo.

No sé exactamente qué es, pero supongo que para él me siento más como un objeto que como una persona real cuando pienso en mi lugar en nuestra relación. Es como si Bady estuviera más feliz de mostrarme ante sus amigos y sus padres que preguntándome sobre mi día y hacia dónde quiero ir en la vida.

Así es como parecen comportarse la mayoría de sus amigos también cuando se trata de sus novias. Tener una novia que cumpla todos los requisitos es más importante para ellos que llevarse bien románticamente con ella y compartir una relación íntima y emocional. Y supongo que la siguiente casilla que Bady quiere marcar en lo que respecta a nuestra relación es la casilla del sexo.

No he marcado esa casilla en absoluto, ni una sola vez en mi vida, y no estoy seguro de si Bady tampoco. Él afirma que no, pero no estoy muy seguro de creerle. Podría simplemente estar diciendo que él también es virgen para hacerme sentir más cómoda entregándole mi v-card. Honestamente, siento que ese es el caso.

Estoy bastante seguro de que lo hizo con Jaime Peters, la chica con las enormes tetas doble D que ni siquiera puedo correr que tenía en mi clase de trigonometría. Salieron antes de que él y yo saliéramos, pero rompimos por alguna razón que él siempre dice que no quiere mencionar cuando lo menciono. De hecho, todavía está bastante irritable al respecto a pesar de que se separaron hace más de seis meses.

Siempre he estado celoso de lo grandes que son sus pechos. Sé que realmente no debería importar, considerando el hecho de que ya ni siquiera son pareja, y el hecho de que ella es tan rica que ni siquiera puede practicar deportes, pero básicamente puede usar cualquier camisa y hacer que se vea increíble. con ese estante. Es que no es justo. ¿Cómo es posible que algunas niñas sean bendecidas y otras permanezcan planas como una tabla hasta el verano de su tercer año y terminen solo brotando B?

Bady me dice que son fantásticos y alegres y que debería amarlos porque no estaré flácido ni asqueroso cuando sea mayor, pero una parte de mí piensa que sólo está diciendo lo que sea para poder meterse en mis pantalones. Eso es lo que hacen los chicos de dieciocho años, ¿verdad?

"Te ves hermosa esta noche, mi pequeño trasero acurrucado". La voz de Bady llama mi atención cuando entra a la sala donde he estado sentada frente a mi teléfono durante los últimos minutos. Snugglebutt, el apodo cursi que me ha puesto durante los últimos dos meses. Para ser honesto, no tengo idea de dónde vino, pero en este punto simplemente lo sigo.

"Oh gracias." Yo sonrío. No llevo nada especial y tampoco me he peinado ni maquillado de forma diferente. Básicamente tengo el aspecto que tengo normalmente cuando Bady y yo salimos, lo que confirma mis sospechas de que está intentando tener sexo esta noche.

Se acerca al sofá y deja unas fresas cubiertas de chocolate que parecen caseras.

Suspiro internamente. No sé cuántas veces le he dicho que no me gustan las fresas, y esto solo confirma que no ha estado escuchando y solo ha estado buscando en línea consejos sobre cómo impresionar a tu novia. O eso o simplemente le ha estado preguntando a uno de sus amigos.

Realmente quiero hablar con él sólo para ver su reacción, pero sé que no vale la pena. Nada de esto vale la pena. Entonces, en lugar de eso, simplemente tomo una de las fresas, le doy el mordisco más pequeño que es principalmente chocolate, lo trago sin probarlo y sonrío.

"¿Bien?" él pide.

Asiento con la cabeza. "Sí."

"Sabía que te gustarían". El sonrie. "¿Quieres un seltzer?"

"Claro", respondo, ya tratando de encontrar una excusa sobre cómo salir de aquí. Quizás esta noche sea una buena noche para romper con Bady. Creo que ahora está bastante claro que esto simplemente no va a funcionar para mí.

Me da una palmada en la rodilla y se levanta. "Vuelvo enseguida."

De nuevo, asiento y observo mientras se aleja hacia la cocina. Una vez que se ha ido, saco mi teléfono y le abro un mensaje de texto a Sarah, una amiga mía, pero antes de que pueda empezar a escribir, el teléfono de Bady vibra en la mesa de café.

Como no soy alguien que husmee, lo ignoro y vuelvo a lo que estaba haciendo y le envío un mensaje de texto a Sarah, haciéndole saber que es posible que necesite que me lleven para salir de aquí pronto. Pero antes de recibir un mensaje de respuesta de ella, el teléfono de Bady vuelve a vibrar.

Ahora nadie le envía mensajes de texto a Bady con frecuencia. Está en algunos chats grupales con sus amigos, pero ellos solo se envían memes estúpidos y cosas así, y generalmente los silencia cuando va a hacer algo conmigo, así que sea lo que sea que esté pasando ahora, no debería ser así. uno de esos.

Él y yo nos enviamos mensajes de texto con frecuencia, pero estoy sentado aquí, así que claramente no soy yo.

El teléfono vuelve a vibrar y se forma una opresión en mi pecho. Algo está pasando. Puede que Bady no me guste mucho, puede que haya estado pensando en romper con él hace un momento, pero eso no significa que esté de acuerdo con que él me haga algún tipo de travesuras en el fondo de nuestra relación, si eso es de hecho lo que está pasando aquí.

Su teléfono vibra una vez más y hago algo que no debería hacer en absoluto; Lo agarro y miro las alertas.

Biggies LLC: Bady, ¿dónde estás?

Biggies LLC: ¿Malo, qué diablos?

Biggies LLC: ¿Estás jugando duro para volver a conseguirlo?

"¿Grandes LLC?" Me digo suavemente a mí mismo. "¿No es LLC una empresa o algo así?" No lo sé del todo, pero escuché a mi papá decir el término antes. No hay razón para que una empresa le envíe mensajes de texto a Bady de esta manera, especialmente a esta hora de la noche.

Supongo que Biggies LLC es solo un nombre inventado para ocultar quién es la persona real que le envía mensajes de texto.

Hay un último mensaje de texto que aún no he revisado y es un mensaje con imagen. Como que no quiero abrirlo. Mi ritmo cardíaco ha aumentado y puedo sentir que empiezo a sudar, pero también puedo escuchar a Bady en la cocina. Y por lo que parece, ya casi ha terminado de conseguir nuestras bebidas seltzers y volverá aquí en cualquier momento, así que quiero estar completamente preparado y al tanto de lo que sea que sea esto...

Así que sigo adelante y abro el mensaje y veo un par de tetas enormes mirándome directamente a la cara. Y te diré una cosa, tampoco hace falta ser un genio para descubrir a quién pertenecen.

En ese momento exacto, Bady regresa a la habitación, con un seltzer en cada mano.

"Oye, acurrucado, tengo nuestras bebidas seltzers..." La sonrisa se congela en su rostro y se transforma instantáneamente cuando su mandíbula cae y me mira con una mirada de mierda de nada más que pura culpa.

Giro el teléfono en su dirección para que pueda ver lo que he estado mirando y fuerzo la sonrisa más falsa que puedo darle.

"Entonces, ¿cómo está Jaime?"

# Capítulo 2

Nadia

"¡Esto no es lo que parece!" Bady responde, su voz llena de pánico.

"Oh, ¿no lo es?" Respondo, desplazándome hacia arriba para revelar el resto de su conversación, que se remonta a semanas, si no meses. "Porque parece que ustedes dos han estado enviando mensajes de texto desde que salimos".

Bady entra corriendo y me arrebata el teléfono de la mano. Nunca lo había visto tropezar de tal manera mientras se desplaza por la pantalla como si no supiera lo que está mirando.

Es una actuación que está realizando y debo admitir que es casi convincente. Pero ya me levanto y voy a la puerta por mis cosas.

Mi teléfono vibra en mi mano y lo reviso rápidamente.

Sarah: Estaré allí en cinco.

"¡Lo siento, Nadia!" Bady protesta y viene detrás de mí mientras agarro mi bolso y mi abrigo. "Simplemente no quería molestarla..."

"Correcto". Asiento mientras llego a la puerta. "¿Es por eso que no la has bloqueado y por qué está en tu teléfono con un nombre falso? ¿Biggies? Bastante acertado, si así lo digo.

Bady abre la boca para continuar la discusión, pero la vuelve a cerrar cuando se da cuenta de que no tiene nada más que decir. Gracias a Dios fui lo suficientemente inteligente como para no molestarme con este idiota.

"Hemos terminado, Bady. Me voy ahora", respondo mientras abro la puerta. Doy unos pasos hacia el aire fresco de la noche, luego me detengo, me giro y lo miro. "Sabes que odio las fresas. No sé cuántas jodidas veces te lo dije.

Dejo atrás a Bady, bajo sus escaleras y camino hacia la acera, moviéndome lo más rápido que puedo mientras sigo tratando de parecer una jefa total que tiene el control de sus emociones y no podría estar más feliz que Acaba de dejar a su novio mentiroso y infiel.

Y en cierto modo, parte de eso es cierto. Estaba como buscando una excusa para deshacerme de Bady, pero al mismo tiempo, a nadie le gusta que lo engañen, especialmente con una chica como Jaime, la chica con el mejor rack en un radio de 50 millas. Ahora me siento como una hamburguesa de Wendy's demasiado cocida mientras Bady estaba disfrutando de la cocina de tres estrellas de Gordon Ramsay.

Estoy a dos segundos de tirar mi teléfono a los arbustos cuando Sarah se detiene a mi lado, baja la ventanilla y grita: "¡Oye, perra!". Ella me está sonriendo, haciendo todo lo posible para aligerar el ambiente mientras se inclina y abre la puerta del lado del pasajero.

"¡Entra!"

Gracias a Dios, pienso mientras respiro profundamente y prácticamente me lanzo al asiento y cierro la puerta detrás de mí.

"Conduce", le digo.

"¿A donde?"

"En cualquier lugar menos jodidamente aquí".

Sarah asiente y pisa el acelerador. El coche avanza bruscamente y los neumáticos chirrían en el tranquilo barrio suburbano. La miro en estado de shock, pero ella simplemente me devuelve la sonrisa, con la palma extendida para dominar cualquier cosa que tenga que decir.

"Relájate, perra. Tengo un lugar perfecto al que ir, ¿de acuerdo?

Simplemente sonrío, apoyo la cabeza en el asiento y pongo mi vida en manos de Sarah, al menos durante el resto de la noche. Ella ha sido mi mejor amiga durante toda la escuela secundaria, así que si dice que tiene el lugar perfecto, entonces tiene el lugar perfecto.

"Entonces, ¿vas a decirme qué pasó?" ella pregunta.

"Bueno, estaba tratando de hacer que lo dejara esta noche", digo con un suspiro.

"Como sospechábamos". Ella asiente.

"Pero resultó que... estaba haciendo trampa".

"Tienes que estar bromeando", gime Sarah. "¡Ese pedazo de mierda! ¿Con quien?"

"Jamie Peters".

"¿Jamie tetonas?" Sara responde. "Pensé que habían roto".

"Yo también lo pensé", digo con un suspiro mientras mi teléfono vibra con varios mensajes de texto de Bady.

"¿Es él?" —Pregunta Sara. Asiento, hojeándolos. "¿Que esta diciendo?"

"Lo siento... cometí un error... te amo... típica tontería. Voy a bloquearlo ahora".

Lo hago, sin dudarlo.

"Lo siento, niña".

"Eh." Me encojo de hombros. "No es como si me hubiera roto el corazón emocionalmente o algo así. No estábamos enamorados, ¿sabes? Yo solo siento..."

"¿Como si un chico todavía te engañara?" —sugiere Sarah.

"Exactamente."

Sarah asiente y se detiene en un estacionamiento, y me doy cuenta de que en el tiempo que hemos estado hablando, ella ha estado conduciendo bastante rápido y llegamos a The Sundown Beach, uno de los bares locales de la ciudad. La miro mientras saca las llaves y agarra su bolso.

"¿Qué estamos haciendo aquí?" Pregunto. "Ninguno de nosotros tiene falsificaciones".

"No hay necesidad." Ella sonríe. "El amigo de mi hermano empezó a atender el bar aquí la semana pasada. Nos dejará entrar por completo".

Antes de que pueda decir algo, ella salta del auto y se dirige a la puerta, una puerta con un enorme gorila con brazos del tamaño de mi cintura parado junto a ella.

"¡Sara, espera!" Siseo mientras salgo y la persigo. Pero cuando la alcanzo, ella ya está parada justo frente a él.

"¿Identificaciones?" pregunta el hombre, mirándonos con recelo.

"Sí, ¿puedes decirle a Jared que Sarah y Nadia están aquí para verlo?" dice con la confianza de Hillary Clinton rezumando por sus poros. El portero la mira por un segundo, mascando chicle, y por un segundo, estoy seguro de que simplemente nos va a decir que nos larguemos. Pero para mi sorpresa, levanta la barbilla y se lame los dientes en respuesta.

"Espera aquí."

Con eso, desaparece dentro. Sarah se vuelve hacia mí y me muestra la sonrisa más orgullosa llena de dientes. "¿Ver? ¡Te dije que funcionará!

"Sí, bueno, todavía tenemos que ver..."

Antes de que pueda terminar, la puerta del bar se abre y el portero aparece de nuevo. Se hace a un lado y nos hace un gesto a los dos.

"Entra."

Ninguno de nosotros dice nada más que seguir su gesto y entrar al bar. Esta noche está bastante lleno con una multitud de gente obviamente mucho mayor que nosotros. Sarah instantáneamente ve a Jared, me agarra de la mano, tira de mí a través de la horda de personas hacia él y golpea la barra con la palma de la mano para llamar su atención.

"¡Dos tiros! Lo que quieras, hazlos fuertes", dice. "Esta perra acaba de ser engañada por la polla de su novio".

Varios sonidos de conmiseración surgen de la multitud que nos rodea, y Jared inmediatamente hace una mueca, la cara similar a las que siempre me han hecho desear tener un hermano como él.

"Maldita sea, Nadia, lo siento", dice mientras toma dos vasos de chupito y los llena con algo oscuro. "¿Quieres que lo mate? Podría matarlo".

"¡Sí!" Sara responde.

"No." Sacudo la cabeza. "El no vale la pena."

"Eso es cierto", coincide Sarah. "¡De abajo hacia arriba!"

Nos inyectamos y trato de fingir que mi primer reflejo no es toser y cortarme la garganta. La verdad es que nunca fui fiestero en la escuela secundaria y nunca me acostumbré al sabor o la sensación del alcohol.

"Aun así, no podemos tener más hombres caminando por la tierra que simplemente engañarán a más niñas y les romperán el corazón, ¿verdad?" Una voz masculina desconocida detrás de mí me hace girar y me encuentro mirando hacia abajo a un hombre increíblemente hermoso, vestido de manera informal, sin corbata, con el cuello de la camisa abierto y con una mano agitando el vaso con lo que queda de un cóctel.

"Mierda, Nadia", susurra Sarah en mi oído, lo suficientemente alto como para que yo pueda escuchar.

Parece como si acabara de salir de las páginas de una revista para hombres o tal vez fuera dueño de una revista para hombres en la que no se molestaría en ser modelo porque ya es demasiado rico. Definitivamente es mayor que yo y tiene una apariencia varonil pero también tiene un encanto juvenil al mismo tiempo. Es una combinación increíble, como un postre de caramelo salado que no parece que funcione en el papel, pero que sabe absolutamente delicioso una vez que lo pruebas.

"No, supongo que no podemos", respondo después de que Sarah me da un golpe en el riñón, haciéndome darme cuenta de que no le he respondido y que solo he estado mirando boquiabierto su buen aspecto como un preadolescente en un concierto de Harry Styles. . "¿Pero qué dice eso sobre usted, Sr. Random Gentleman? ¿Que estás bien andando por ahí asesinando a tipos que actúan como imbéciles?

"Proteger a las mujeres, podríamos llamarlo", responde, casi igualándome con el encanto que emana de él mientras sonríe. "¿O eso me hace parecer demasiado un caballero blanco?"

"Un poco." Le devuelvo la sonrisa, levantando el pulgar y el índice sin nada más que un espacio entre ellos.

Él sonríe y se pone de pie, y casi jadeo cuando me doy cuenta de lo alto que es. No era obvio antes, cuando estaba sentado en un taburete, pero ahora nos domina a Sarah y a mí. Debe medir al menos un metro ochenta y cuatro y estar en una forma increíble, como un hombre que pasa todos los días en el gimnasio o nació con la mejor genética del mundo, o ambas cosas.

También huele bastante bien, y tampoco al estilo de una colonia de diseñador para hombres. Es solo él. Su aroma está invadiendo mis fosas nasales y haciendo que mis feromonas (¿es esa la palabra correcta?)

se enciendan, junto con mis hormonas. Con cada inhalación, mi nariz comienza a decirme que me prepare para oler algo que no quiero oler (el olor corporal de una persona desconocida), pero nunca llega a ese punto. Disfruto lo que estoy inhalando todo el tiempo.

¿Qué es esto? ¿Qué está pasando ahora mismo? En serio.

"Está bien, lo reduciré un poco", dice el hombre. Todavía sonriendo, me extiende la mano. "Malcom. Pero la gente cercana a mí me llama Mal".

"Nadia", respondo, tomando su mano. "La gente me llama Nadia".

Sus ojos se fijan en los míos mientras nos sacudimos, y siento por primera vez en meses que a este hombre realmente le importan las palabras que salen de mi boca. No, sé que él lo hace.

"Bueno, Nadia", dice Mal, todavía sosteniendo mi mano, "¿te importa si te traigo tu próxima bebida?"

# Capítulo 3

Malcom

Hay personas que creen en el amor verdadero y hay personas que no. Pensé que era una de las personas que lo hacían hasta hace poco. Iba a encontrar a la mía, casarme con ella, sentar cabeza, tener muchos hijos y vivir feliz para siempre.

Y entonces sucedió y toda mi visión del mundo cambió.

Mi hermana... bueno, ella es un poco más optimista. Se casó con un chico llamado Thomas, de quien no soy fanático, y va a hacer que las cosas funcionen. Al menos eso es lo que me ha estado diciendo desde que se conocieron hace un año y medio.

Yo no. No estoy forzando todo el asunto del final feliz. Ya no. Pero sigo siendo un hombre y no voy a dejar pasar una belleza como la que está frente a mí en este momento.

Nadia...

Podría ser la chica más hermosa que he visto en mi vida. En realidad, tacha eso: lo es. Y ella tampoco está disfrazada. Se ve perfectamente normal: un par de jeans a la moda con una blusa amarilla clara, un lindo collar dorado y lo que parece ser un trabajo de maquillaje normal. Su cabello es naturalmente ondulado o le ha hecho algo. De cualquier manera, me gusta y he sentido que mis pantalones se aprietan desde el momento en que la vi.

Su mano se siente como si estuviera lista para quemarse en la mía. Es suave como la seda, tierno y diminuto, delicado como un tesoro. No quiero dejarlo ir, pero sé que si sigo aguantando por mucho más tiempo, la probabilidad de que parezca un canalla se disparará, así que espero que ella se dé prisa y me dé. dame una respuesta a mi pregunta. Pero ella sigue mirándome con ojos ilusionados, como si le hubiera preguntado cuál es su opinión sobre la teoría de cuerdas.

Por suerte, su amiga detrás de ella (de cuyo nombre no estoy seguro), le da un golpe en la espalda y la sacude de su estupor.

"¡Sí, claro!" ella deja escapar.

Sonrío y la suelto. "¿Qué le gustaría?" Pregunto.

Esto parece causarle cierta angustia, y mira a Jared y luego a mí.

"Sabes, no soy un gran bebedor... yo..."

"¿No?" Pregunto. "Oye, no tienes dieciséis años, ¿verdad?"

"¡No!" ella espeta rápidamente. "Tengo", se inclina, "tengo dieciocho años, muchas gracias".

Mi polla se pone rígida. Sonrío y le susurro: "Todavía no debería estar aquí".

"Conocemos a Jared".

"Ah." Asiento con la cabeza. Entonces se me ocurre una idea, extiendo la mano y tomo su mano nuevamente. La suavidad, la ternura, la sensación de tener un tesoro en mis manos me golpean todos a la vez y quedo enamorado.

"Lo siento a todos", digo lo suficientemente alto para que la multitud que me rodea pueda oírme. "Pero esta chica no tiene edad suficiente para estar aquí".

"¿¡Qué estás haciendo!?" Nadia sisea.

"Mi nombre es el teniente Malcom Smitherson. Esta noche trabajaré encubierto —continúo mientras la alejo del bar. "Tendré que acompañarla hasta la estación. ¡Por favor, que nadie haga una escena!

Vuelvo a mirar a Jared y lo veo conteniendo una sonrisa, pero para mi sorpresa, puedo ver a su amiga (como se llame), haciendo lo mismo mientras Nadia la mira presa del pánico.

"¡Sara!" ella vuelve a llamar.

Ah, entonces ese es su nombre.

"¡Oye, no me mires!" Sarah vuelve a llamar.

Voy a sacar a esta chica de aquí ahora. ¿Esta caliente y tiene dieciocho años? Increíble. Ha estado jugando con chicos de secundaria que no saben cómo tratarla, que la engañan como un tipo que posee un Ferrari y lo conduce por el barro y nunca lo lava.

Nadia necesita un hombre real que la trate como se supone que debe ser tratada, y ese soy yo. Ella tampoco es sólo un cuerpo hermoso. Está llena de coraje. Me di cuenta de eso en el momento en que comenzó a hablarme. Me encanta eso en una mujer. Supongo que en ese sentido me parezco a mi padre.

Abro la puerta con el hombro hacia la noche y paso junto a Cameron, el portero, que está fumando. "Que tengas una buena noche, Cam".

"Tú también, Mal."

Giro a la derecha hacia donde estacioné mi auto y siento a Nadia tirando de mi agarre sobre ella.

"¿Teniente Malcom Smitherson? ¿Estás bromeando?

"¿Por qué?" Pregunto, empujándola hacia la cuadra. "¿No les gustan a las chicas los agentes de policía?"

Hay una pausa y prácticamente puedo oír los engranajes zumbando dentro de su cráneo antes de que vuelva a hablar. "Tienes que estar jodiéndome".

Hemos llegado a mi Maserati plateado, así que me detengo de espaldas a él y uso el control remoto para desbloquearlo. Las luces iluminan su belleza. Si me quedaba alguna duda, ahora ya no está.

"Sí, yo soy." Sonrío. "Estoy jodiendo contigo".

"Pero por qué-?"

"Porque quiero llevarte a casa conmigo, Nadia". Su cara de perplejidad es absolutamente adorable. Llego hacia atrás y le abro la puerta del pasajero. "Y necesitaba ponerte una excusa".

"¿Una excusa?"

"Para sacarte de allí", le digo. "Sabía que no querrías irte con un hombre que acabas de conocer. Aunque fuera inquietantemente guapo.

"¿Inquietantemente?" —repite, intentando y sin éxito no sonreír mientras la maniobro hacia la puerta abierta del coche. Es un baile, un baile lento realizado por dos compañeros que recién comienzan a sentirse mutuamente.

Espero más protestas por parte de Nadia, pero no obtengo ninguna. En cambio, ella simplemente me acompaña mientras coloco una mano en su espalda baja y la otra en su cintura y la guío hacia el auto.

Ella me mira con los ojos más hermosos y vulnerables mientras cierro la puerta y me acerco a mi lado. Mi corazón late con fuerza dentro de mi pecho mientras la parte más primitiva de mi lado masculino golpea con anticipación y deseo. Mis hormonas están furiosas cuando me acerco a ella y me alejo de la barra.

Ahora me doy cuenta de que incluso huele maravilloso. No sé si es su jabón, su champú o algún tipo de perfume que se ha puesto, pero no me canso de hacerlo. Y en este espacio cerrado de mi auto, ahora que ya no estamos en el bar, siento que acabo de morir y de haber ido al cielo.

"¿Entonces esto es lo que haces?" —Pregunta, dirigiendo una mirada semiacusadora en mi dirección.

"¿Qué es eso?"

"¿Usar tu rizz asertivo y varonil con las chicas jóvenes en el bar y hacer que se vayan a casa contigo?"

Sí, tiene mucho coraje.

"¿Rizz?" Respondo con una burla. "Disculpa, Nadia, ¿me estás acusando de ser jugadora?"

Nadia se encoge de hombros. "Bueno, ¿qué le dirías a Michael Jordan si lo vieras lanzando triples?"

Una sonrisa se forma en mis labios. No estamos lejos de mi casa ahora. Tomo una profunda inhalación de su aroma y le doy un pequeño encogimiento de hombros. "¿Entonces estás diciendo que soy el ofrizz de MJ, Nadia?"

Nadia simplemente me devuelve la sonrisa, junto con un encogimiento de hombros, y vuelve su atención a la carretera.

"¿Entonces dijiste que conocían a Jared? ¿Tu y tu amigo?"

"Mi amigo lo conoce", responde. "Sólo estaba de viaje".

"Ahogando tus penas", sugiero. De nuevo, ella se encoge de hombros.

"Como dije, no soy un gran bebedor. Todo era el gran plan de Sarah".

Hay algo diferente en esta chica, algo que no puedo identificar. Y tampoco es el hecho de que esté casi hipnotizado por su asombrosa belleza. Me encanta la forma en que me arroja todo lo que le tiro, pero en palabras de Shrek: ¡Los ogros son como cebollas, burro! Y no puedo evitar sentir que hay mucho más en esta chica, y lo haría. Me encanta llegar al centro y descubrir cada pedacito de ella.

Llegamos a mi casa y, cuando entro, Sarah la mira, luego me mira a mí y me mira fijamente.

"¿Entonces, Qué haces?" ella pregunta. "¿Tienes un par de empresas? ¿Minas de esmeraldas en África? ¿Dirigir una red internacional de narcotráfico?

"Vamos", me río. "No es tan agradable".

"¿No? Deberías ver dónde vivo actualmente".

"Bueno, tal vez pueda ayudarte con eso en realidad..."

Nadia rápidamente levanta una mano. "Gracias, pero no necesito un sugar daddy".

Mi nivel de respeto por ella aumenta instantáneamente. En mi línea de trabajo, es difícil contar cuántas chicas vienen a mí en busca de limosnas; cuántos favores se ofrecen si pudiera darles un descuento en el alquiler. Ha sucedido tantas veces que básicamente me he vuelto insensible en este momento.

"Soy propietario", respondo.

"Ah." Nadia asiente. "Entonces la escoria de la tierra".

"Oh, vamos", digo mientras salgo y voy hacia su lado del auto. Abro la puerta, la agarro por la muñeca y la pongo de pie. Ella tropieza hacia adelante y sus alegres tetas adolescentes presionan contra mi pecho. Maldita sea, puedo sentir lo perfectos que son, incluso a través de la tela de su camisa. "A ustedes, chicas, les encantan los chicos malos. Admitelo."

Sus labios son la perfección.

Sus pómulos altos. Sus ojos muy abiertos e inocentes, mirándome.

Mi sangre está caliente y corre por mis venas mientras la rodeo y presiono mi palma en la parte baja de su espalda.

"Nadie en su sano juicio te engañaría jamás, Nadia", le digo. "Incluso si ese hombre fuera la escoria de la tierra".

La veo empezar a sonrojarse, lo que sólo la hace más linda. No hay nada que esta chica pueda hacer que no me atraiga aún más.

"Bueno, alguien lo hizo", dice, con temeridad en su voz.

"Eso es porque él no era un hombre", le digo. "Y él no sabía lo que tenía contigo".

Ella abre la boca para responder, pero antes de que pueda, me inclino y la beso.

# Capítulo 4

Malcom

Mis padres se enamoraron cuando estaban en segundo año de secundaria. Al menos eso es lo que me dijeron. Fue en el partido final de baloncesto en el que jugaba mi papá, y mi mamá estaba tan fascinada por su talento (y el hecho de que acertó el tiro ganador) que se enamoró de él allí mismo.

Ella se acercó a él después del juego y, según mi padre, la eligió entre todas las chicas que se lanzaban hacia él porque sabía que ella era la indicada.

Él simplemente sabía...

Hasta que no lo hizo.

Los labios de Nadia todavía tienen sabor a ron, e incluso una pizca en su lengua suave y tersa cuando presiono la mía contra la de ella. Es un movimiento audaz el que estoy haciendo, y sé que existe la posibilidad de que ella pueda alejarse (especialmente después de llamarme escoria de la tierra), pero no lo hace. De hecho, ella me devuelve el beso y se presiona contra mí mientras coloco la palma de mi mano contra la parte baja de su espalda.

Ella encaja contra mí como una pieza de rompecabezas. Ya me estoy imaginando encima de ella, ella inclinada y yo tomándola por detrás, ella a horcajadas sobre mi cara y yo con la lengua profundamente dentro de ella. Bady, no recuerdo la última vez que sentí tanto calor por una mujer, especialmente por una que acababa de conocer.

Como una lata de refresco que se abre de golpe, rompo nuestro beso, la agarro por la cintura y la tiro por encima de mi hombro. Ella grita, medio sorprendida, medio encantada, mientras la llevo hasta la puerta principal.

"¡Dios mío, Malcom!"

"Mal", gruño mientras uso mi tarjeta de acceso para abrir la puerta. "Llámame Mal."

Estoy en modo cavernícola en toda regla cuando entro a mi casa. Mi casa es ahora mi cueva. Mi guardarropa informal de negocios ahora es simplemente algo estúpido que usamos los hombres civilizados como parte de los modernos rituales masculinos de mierda por los que nos vemos obligados a pasar para ganar dinero.

Todo lo que quiero hacer ahora es despojarme de todo eso y dejarme sin sentido a esta hermosa mujer como se supone que debo hacer. Como la naturaleza quiere que haga.

Tengo la mandíbula apretada mientras la llevo al sofá y la tiro debajo de mí. Sus tetas rebotan maravillosamente, y rápidamente tiro mi chaqueta a un lado como si no pudiera importarme menos (porque no podría).

Esto parece excitar a Nadia y sus ojos se abren aún más que hace un momento. Ni siquiera me molesto en desabotonarme la camisa. Simplemente lo agarro por los hombros y me lo saco como si me estuviera arañando muchísimo, lanzándolo en la misma dirección que mi chaqueta.

"Mierda", dice Nadia simplemente. "¿Hacer mucho ejercicio?"

Me encojo de hombros como si mi ego no se inflara como un globo con su boca alrededor del labio. "Una o dos veces cuando era joven".

"Oh, eres un mentiroso".

Mi polla palpita debajo de mis pantalones, pero no voy a desnudarme sin desvestirla al menos un poco conmigo.

Me inclino y levanto el dobladillo de su camisa, dejando al descubierto su cintura delgada y plana. Ella levanta sus caderas mientras paso suavemente mis dedos por la piel cálida, tersa y suave. Levanto la camisa más y más hasta que su sujetador es visible. Yo sonrío.

"Este es de esos que se abrochan en la parte delantera".

Nadia simplemente asiente mientras yo uso el pulgar y el índice para deshacerlo. Las copas se caen, dejando al descubierto las tetas naturales más hermosas que he visto en mi vida (y que probablemente veré alguna vez).

"Bueno, te mueves rápido, ¿no?" Pregunta Nadia, mirándome. No es tanto una pregunta como una acusación, pero lo veo claramente.

"Siéntete libre de detenerme en cualquier momento", respondo, inclinándome para darle otro beso. Pero esta vez no la beso donde ella espera; Beso la inocente piel de su cuello, provocando que un suave jadeo, parecido a un susurro, salga de sus labios.

Ella está temblando. Puede que sea una verdadera cascarrabias cuando va y viene conmigo, pero cuando se trata de esto (de someterse a mis caricias) no parece tener tanta confianza.

Está bien. Tomaré el control y la haré agradable y cómoda.

Beso su cuello, acunando su cuerpo entre mis manos, llevando su dulce aroma a mis pulmones. Es su jabón. Definitivamente su jabón que le huele tan bien.

Continúo besando su pecho, luego acuno sus hermosos pechos con ambas manos y tomo cada uno de sus pezones entre mis labios como dos pequeñas y dulces gomitas rosadas.

Nadia jadea, esta vez más fuerte, y me agarra la cabeza con ambas manos. Me agarra el pelo con tanta fuerza que casi me duele, pero no me importa. Le dejaría sacar dos puñados ahora mismo, estoy tan atrapado en su belleza.

"Eres tan hermosa", susurro mientras avanzo hacia abajo, beso tras beso, absolutamente enamorado de la belleza de su cuerpo. Es como una escultura de una diosa creada por un maestro, perdida durante siglos y luego encontrada de nuevo, restaurada y colocada en un museo.

Llego al dobladillo de sus pantalones y le abro el botón, haciendo que sus caderas se levanten de los cojines del sofá una vez más, casi sacándome un ojo en el proceso. Ella ni siquiera se da cuenta, y no voy a decir nada; simplemente sigo y tiro de la cremallera hacia abajo, dejando al descubierto un par de bragas blancas de encaje.

Hay algo tan delicado e inocente en ellos que contrasta con la esencia de esta situación. El fuego dentro de mí ruge mientras le bajo los pantalones y veo cómo se enganchan en sus caderas tan femeninas. Es como si ella hubiera sido creada para tentarme, para excitarme, para presionar cada botón que he diseñado para excitarme, y cuando llegan a sus rodillas y veo que están cubiertos de pequeños moretones, simplemente pierdo el control.

"Joder, eres sexy", gruñí, cerrando mis dientes alrededor de la carne cremosa y marfileña de su muslo derecho. Muerdo, lo suficientemente fuerte como para hacerla chillar un poco, no lo suficiente como para lastimarla. Nunca haria eso. A Nadia no.

"¡Jesús!" Ella grita, acurrucándose sobre mí de una manera protectora e instintiva. Pero antes de que pueda reaccionar por completo, le quito los pantalones por completo y la pongo boca abajo, inmovilizándola debajo de mí, exponiendo su dulce trasero que simplemente está pidiendo a gritos que lo azoten.

Y eso es lo que hago a continuación: le doy un fuerte azote en la mejilla izquierda. Simplemente no puedo evitarlo. Esta chica es demasiado para mí. Ella está sacando a relucir cada uno de mis impulsos masculinos. Esto debe ser lo que es cuando los leones entran en celo y el león macho inmoviliza a la leona y simplemente se sale con la suya debido a todas las feromonas que está liberando.

Nunca antes me había sentido así.

Nadia levanta las caderas y me muestra su trasero (su diminuto tanga de encaje blanco pasando hilo dental por la raja) y, sin dudarlo, lo engancho con dos dedos y lo aparto a un lado.

Estoy bastante seguro de que escucho algo de tela o hilo estirarse o rasgarse, pero no me importa. Las tangas no cuestan mucho. Le compraré otro par si hace un escándalo. Y además, lo único en lo que estoy concentrado ahora es en el hermoso melocotón rosado, completamente encerado, que ahora veo brillando hacia mí.

"Bady, ahora si ese no es el coñito más sexy que he visto en mi vida..."

Nadia, con los ojos ardiendo de lujuria, me mira mientras frunce los labios con escepticismo. "Apuesto a que eso es lo que les dices a todas las chicas".

Jesús, ella es fogosa.

Ella no es lo que los chicos hoy en día llaman "gruesa", pero tiene más que suficiente ahí atrás para que yo pueda agarrarla, así que agarro un buen puñado de su trasero y me inclino encima de ella, presionando con suficiente fuerza. fuerza para demostrarle que no irá a ninguna parte.

"Escucha, Nadia", digo, dejando que mis labios rocen su oreja, insinuando que podría haber un beso en camino. "Hoy te ha mentido un verdadero imbécil. Lo último que voy a hacer es volver a mentirte hoy. O alguna vez. ¿Tu me entiendes?"

La beso delicadamente justo debajo de la oreja, provocando que un gemido muy simple salga de sus labios mientras su cuerpo se levanta del sofá para presionarse contra el mío. Ella no habla, simplemente asiente y gira su cabeza contra la mía, casi en un abrazo de reconocimiento.

Deslizo mi mano izquierda por su costado, mi erección se vuelve cada vez más dura a medida que asimilo cada centímetro de sus curvas hasta encontrar su mano también. Lo muevo hasta mi bulto, obligándola a sentir lo cachondo que estoy por ella.

En el momento en que sus dedos aterrizan donde quiero que estén, siento que todo su cuerpo se pone rígido, su respiración se detiene y su cabeza gira para poder mirarme completamente con ambos ojos.

"Es eso-?"

"Seguro que lo es, dulzura", respondo. Nunca antes me habían gustado los apodos para niñas, pero este se me salió de la boca como si lo hubiera estado usando durante años.

Sus ojos permanecen fijos en los míos durante varios segundos, y luego, como si me estuviera pidiendo permiso, ¿Puedo simplemente...? Ella le da a mi bulto un pequeño apretón suave como si estuviera probando qué tan grande soy, o tal vez sintiendo mi forma. o tal vez ambas cosas al mismo tiempo.

"Dios mío... se siente enorme", jadea.

"Como el resto de mí", respondo con un guiño sarcástico, haciendo referencia a su comentario sobre mis músculos de antes cuando me quité la camisa.

Puedo decir que quiere responder algo, pero está demasiado absorta en la situación. Ella mira hacia mi polla mientras le da otro apretón, luego vuelve a mirarme.

"Ahí... no hay manera..."

"Claro que sí, dulzura", sonrío, bajándome los pantalones. "Donde hay voluntad hay un camino. Y estoy más que dispuesto a que esto suceda ahora mismo, ¿tú no...?

Antes de que pueda terminar de sacar las palabras de mi boca, Nadia rueda sobre su espalda debajo de mí y me agarra el cuello con ambas manos.

"Cállate", dice ella. "Cállate y haz lo que quieras conmigo".

Está bien, pienso para mis adentros al instante, mientras mis ojos recorren su glorioso cuerpo. No tienes que volver a preguntarme, princesa.

# Capítulo5

Nadia

Entonces Bady quería tener sexo conmigo esta noche. Lo sabía y no estaba dispuesto a entregárselo. De ninguna manera iba a entregárselo. Iba a seguirle la corriente a cualquier tontería que hubiera planeado (sólo porque sí, supongo), convencerme de no abrirle las piernas, irme a casa y contarle a Sarah toda la historia.

Simplemente no estaba lista para tener relaciones sexuales. Eso es lo que me dije a mí mismo. Pero ahora aquí estoy, a segundos de entregárselo a un hombre que apenas conozco, un hombre que acabo de conocer en el bar, un hombre que ni siquiera sé a qué se dedica en su trabajo; podría ser un asesino en serie por Joder, y podrían estar a dos días de aparecer en todas las noticias y redes sociales: Nadia London desapareció hace dos días y fue vista por última vez saliendo de The Sundown Beach con este hombre (inserte foto de mi asesino). Nadie en la ciudad ni ninguno de los clientes habituales del bar sabe nada sobre el hombre, y no se le ha visto desde que Nadia desapareció...

Pero claro, probablemente me estoy trasplantando a la trama de uno de esos thrillers de misterio que he estado viendo últimamente. ¿Por qué me gusta ver tantos programas sobre gente muerta?

La verdad es que Malcom (Mal) es increíblemente sexy, caballeroso, ingenioso y encantador, con el cuerpo de un dios griego, y me ha enganchado desde el momento en que nos conocimos. Me siento como una especie de pez que él, el maestro pescador, pescó desde la parte trasera de su barco mientras navegaba magistralmente por las aguas tormentosas donde yo nadaba (o me ahogaba). ¿Se ahogan los peces?

Sus manos acarician mi cuerpo y simplemente me entrego a él. Haz lo que quieras, eso es lo que quiero decirle, pero no puedo, es demasiado. Siento que eso mataría el momento o algo así.

La verdad es que no sé qué hacer ahora, así que gracias a Dios lo sabe.

¿Cuántos años tiene de todos modos? Obviamente mayor que yo. Mayor que Bady. Probablemente lo suficientemente mayor como para que algunas de las chicas con las que fui a la escuela, o incluso algunos de los chicos, estuvieran en desacuerdo con eso. Puedo escucharlos ahora.

Se está aprovechando de ti, Nadia.

Es totalmente un depredador.

Debería estar saliendo con alguien de su edad.

¿Por qué no está casado?

¿Es el casado? ¿Está engañando a su esposa? ¡Ni siquiera lo sabes!

Bueno, al menos por ahora, en este momento, todos pueden irse a la mierda. Estoy increíblemente excitada, sé lo que quiero y Mal me lo va a dar.

Mal, no Malcom.

Mi cuerpo se sobrecalienta cuando aprieta mis senos y luego desliza una mano hacia abajo, por mi estómago y entre mis muslos. Dios, siento que ya estoy a punto de explotar. Nadie me había tocado allí antes.

Arrastra la punta de su dedo medio por mi raja y me doy cuenta de lo mojada que ya estoy para él. Mis bragas, que están en un rincón de la habitación con mis vaqueros, deben estar absolutamente empapadas.

La sensación me hace gemir. Me tapo los labios con la palma de la mano; no sé por qué, pero soy muy tímido ante todo.

"Bady, estás goteando", dice Mal, en voz baja, depredadora. Si lo oyera hablar así en la calle o en el bar, su tono podría asustarme. Pero aquí, en el sofá, está perfecto.

Su dedo llega a mi clítoris y las sensaciones dentro de mí explotan. Casi grito mientras trato de mantenerme firme, mi corazón late con fuerza dentro de mí y mi sangre hierve. Busco una almohada para cubrirme la cara mientras él aplica presión en círculos concéntricos. Este hombre sabe exactamente lo que está haciendo.

"Eso es todo, bebé", susurra mientras coloca su cuerpo encima del mío. Es en ese momento que siento su virilidad contra mi muslo, piel contra piel, tan caliente y tan fuerte, y es entonces cuando me doy cuenta de la plena realidad de su tamaño.

Miro hacia abajo y me quedo boquiabierto cuando lo veo. Tan grande, tan grueso, tan... todo. Y Mal también ve que me quedo boquiabierto.

"Está bien, cariño. No tienes nada de qué preocuparte".

"¿No?" Mi voz tiembla y no hay nada que pueda hacer al respecto.

"Puede parecer mucho, pero sé lo que estoy haciendo con ello".

Probablemente este sería un buen momento para decirle que soy virgen. Que no sé qué estoy haciendo con todo lo que estoy pasando, ni qué hacer, ni siquiera en general. Pero no quiero arruinar el ambiente ni siquiera asustarlo. ¿A los chicos les gustan las vírgenes? He escuchado respuestas contradictorias a esa pregunta.

Algunas personas dicen que sí, que los chicos quieren ser los primeros en "plantar su bandera", por así decirlo, pero luego he escuchado a otras personas decir que los chicos quieren una chica con un poco de experiencia, solo un poco, claro. —para que ella realmente sepa lo que está haciendo y no "se quede ahí tirada como un pez muerto".

Así que estoy en una situación real y no tengo idea de qué hacer. Afortunadamente, Mal lo hace.

Continúa trabajando mi clítoris mientras yo me quedo allí, con la boca abierta, mirándolo con impotencia, su enorme erección presionada contra el calor de la parte interna de mi muslo. Hay tanto poder en sus ojos. Haría cualquier cosa por este hombre ahora mismo. Literalmente cualquier cosa. Tampoco sé si eso es bueno o malo.

Puedo sentir un clímax surgiendo dentro de mí. Todo lo que tiene que hacer es seguir haciendo lo que está haciendo y yo llegaré allí. Puedo ver en su cara que él también lo sabe. Sí, ya casi llegas, ¿no, cariño? Me pregunta sin decir nada. Lo sé, porque soy increíble en lo que hago.

Yo asiento en respuesta. Sí, jodidamente lo eres. Estoy justo al límite, hombre increíble.

Pero justo antes de que todo suceda, antes de que los fuegos artificiales se lancen y estallen en el cielo, Mal se detiene. Aparta su mano, soltando la presión sobre mi punto mágico.

"Yo—¿qué estás—?" Jadeo como una niña cuya madre acaba de quitarle su Barbie. Es como un chorro de agua fría directamente en mi cara. Sin embargo, mi orgasmo todavía está ahí, colgando como una espada sobre mi cabeza, listo para caer en cualquier momento.

Pero antes de que pueda continuar, Mal se inclina sobre mí con toda la fuerza de su cuerpo duro y cincelado. "Silencio, bebé", ronronea, en voz baja y con los ojos fijos en los míos.

Y luego lo siento. La gruesa cabeza de su virilidad presionando contra mi entrada.

Vaya, esto realmente está pasando, ¿no?

Él no tiene idea de que soy virgen, y si hubiera algún momento para decírselo, sería este. Pero aun así no digo nada. Me muerdo el labio inferior mientras él presiona hacia adelante con sus caderas y se desliza dentro de mí.

La sensación no se parece a nada que haya sentido antes y es imposible de describir. El dolor y el placer fluyen hacia mí mientras él me separa. Siento que me están estirando y la necesidad de sujetarle las piernas me golpea, pero me resisto. ¡No, no hagas eso, perra tonta! ¡Él te odiará! Las separo más, extiendo la mano y agarro. él por esos enormes y fuertes músculos debajo de sus brazos, esos enormes músculos de la espalda, ¿cómo se llaman?

¡Lats! Se llaman dorsales.

Las suyas son enormes y gruesas, al igual que su polla, que empuja dentro de mí como si estuviera acostumbrada a este tipo de cosas. ¿Y por qué debería pensar algo diferente? No le he dado ningún motivo para hacerlo.

"Jesús, estás apretado", gime, cerrando los ojos e inclinando la cabeza hacia el techo.

Sus palabras me llenan de elogios, como a un cachorro nuevo al que su dueño le enseña un nuevo truco. Nunca antes había tenido un ego, pero tal vez ahora esté empezando a desarrollarlo. Si alguien pudiera hacer que yo fuera un poco arrogante, sería este hombre. Este Adonis de hombre.

Muevo mis manos desde sus dorsales hacia su frente, usando las yemas de mis dedos para trazar las líneas de su cuerpo, desde sus pectorales hasta sus esculpidos abdominales. Es como una lección privada de anatomía masculina.

La sensación de su polla dentro de mí es abrumadora. Todavía me estiran con cada embestida, pero el dolor está disminuyendo; de hecho, casi ha desaparecido, dejándome nada más que olas de placer sobre las que flotar. Es como recostarme boca arriba en el océano más maravilloso del mundo mientras el hombre más increíble del mundo hace lo que quiere conmigo. ¿Quién podría siquiera imaginar tal escenario?

Cada vez más, cada vez más rápido. Me bombea como una bestia salvaje, agachándose encima de mí como si hubiéramos sido amantes durante años.

"Eso es todo, dulzura", me gruñe al oído. "Tómalo. Toma cada centímetro".

"Nunca pensé... no pensé que podría..." lo admito.

"¿Estás tomando la píldora?"

No hay manera de que deba dejar que este hombre cualquiera entre dentro de mí. Pero tampoco hay manera de que pueda detenerlo. "Sí", digo con firmeza.

"Bien" es su respuesta mientras sus embestidas se aceleran. Siento que su polla se hace más grande dentro de mí, lo que no parece posible. Sus golpes son más profundos, haciéndome gritar. Y luego sucede.

Hay un spray caliente y pegajoso que se desata dentro de mí, cubriendo cada centímetro de mí a la vez. Y eso es todo lo que se necesita. Mi orgasmo, que ha estado flotando peligrosamente sobre mí, listo para caer en cualquier momento, apuñala brutalmente mi centro. Cada músculo de mi cuerpo se tensa al mismo tiempo. Mis caderas se levantan del sofá y paso mis piernas alrededor de la cintura de Mal mientras más de su semen caliente bombea dentro de mí. Creo que me está criando. ¿A quién le importa si estoy tomando anticonceptivos? Eso es lo que la naturaleza quiere que suceda ahora mismo.

Sus gemidos son tan calientes, tan sensuales. Lobo. Oso. Tigre. León. Los nombres de aún más animales pasan por mi mente mientras él me toma y reclama su derecho sobre mí, haciéndome sentir tan pequeña e indefensa.

¿Qué pasa conmigo esta noche?

Respiro profundamente cuando el control que mi orgasmo tiene sobre mí comienza a debilitarse, y miro a Mal mientras él comienza a bajar también. Sus ojos se centran delicadamente en mí mientras me quita el pelo de la cara y lo coloca detrás de mi oreja como lo hacen en esas películas románticas de Hollywood, y siento mariposas nadando en mi estómago.

"Bueno, eso fue increíble". Él sonríe, luciendo de alguna manera incluso más encantador de lo que lució toda la noche. "Eres increible."

"No, lo eres", me río, señalándolo con un dedo coqueto. Él simplemente sonríe y me da un beso en la mejilla al estilo de un novio. Puedo sentir su polla flexionarse dentro de mí mientras lo hace.

"¿Estás bien, Nadia?" él pide.

"¡Claro que soy yo!" Sonrío, todavía arrastrada por el calor post-orgásmico que abarca todo mi cuerpo. "¿Por qué no lo estaría?"

"No lo sé", responde, inclinando la cabeza hacia un lado. "Solo hay esta expresión en tu cara..."

Deberías decírselo. Este es un buen momento para decírselo. Ambos acabamos de compartir algo increíble, y si no se lo digo ahora, sentirá que le estoy ocultando algo o, peor aún, que le mentí. Sólo recemos para que no se entere de la noticia y decida dejarme.

"Bueno, Malcom..."

"Mal", me corrige con la sonrisa más dulce conocida por el hombre. Le devuelvo la sonrisa y respiro profundamente.

"Bueno, Mal, yo... nunca había hecho eso antes".

Mal abre la boca pero se detiene un momento. "¿Nunca has hecho qué antes?"

"Eso", respondo, haciendo una especie de movimiento tonto de lavar los platos con mis manos que nos abarca a los dos. "Soy virgen, era virgen. Hasta ahora".

# Capítulo 6

Malcom

Mi papá estaba completamente dedicado a mi madre. Él hizo todo por ella, y no de la misma manera, él tampoco es uno de esos tipos. No la seguía a todas partes como un cachorro, no dejaba que ella lo pisoteara o simplemente llevara su tarjeta de crédito al centro comercial para alegrarle el día, y no se levantaba por la mañana para prepararle el desayuno todos los días. Esta vez tuvieron una discusión como una forma de admitir que él estaba equivocado, incluso cuando no era solo para mantener estable la casa.

Era simplemente un buen hombre. Era hábil y cuando no estaba en su trabajo en el aserradero moviendo madera, estaba en casa arreglando la casa. Y vaya si era una casa que necesitaba reparaciones. Mis padres no tenían mucho dinero cuando se juntaron por primera vez, pero mi papá le aseguró a mi mamá que se esforzaría tanto en la cosa que sería tan linda, si no mejor, que todas las otras casas en el bloque.

Mi madre se ocupaba principalmente de mí y de mi hermana Nikki, pero ocasionalmente era voluntaria en la biblioteca. Necesito salir de casa, Frank, le oía decirle. Contrataron a una niñera llamada Kay, que nos gustó mucho a los dos y pensamos que todo estuvo genial. Pensamos que todos estaban felices.

Pero, ¿qué sabes realmente sobre el matrimonio de tus padres cuando eres sólo un niño? Ni siquiera sabes realmente lo que significa la palabra hacer trampa. Entonces, cuando mi papá vino a vernos a mi hermana y a mí esa noche, esa noche lluviosa, y nos dijo que mamá se iba, ninguno de los dos supo cómo procesarlo.

"¿Virgen?", pregunto, sintiéndome como si me acabaran de dar la respuesta a una pregunta de trivia que no estoy seguro de que sea correcta. "Eso es lo que acabas de decir, ¿verdad?"

Nadia asiente y mi mente entra en pleno poder de procesamiento mientras trato de decidir si ella ha vuelto o no a su modo escupitajo y simplemente está jodiendo conmigo otra vez. Pero luego pienso en ese momento en el que entré en ella y presioné dentro. Estaba apretada... increíblemente apretada. Y al principio pensé que tenía el coño de una diosa.

Pero luego hubo un poco más de presión, luego el pop y todo cedió. ¿Bady era esa su cereza? ¿Realmente acabo de reclamar la cereza de esta chica?

"Sí, Mal, eso es lo que dije". Nadia me mira, sus ojos llenos de nada más que sinceridad. No veo nada que sugiera que ella me esté jodiendo ahora mismo. No hay razón para creer que deba sospechar de deshonestidad.

"Pero... ¿por qué no dijiste nada antes?" Pregunto. Nadia se encoge de hombros y en sus labios se asoma una sonrisa. "¿Así es como querías perder tu virginidad?"

"No lo sé, en realidad", responde ella. "Sé que no quería perderlo con Bady, ese imbécil con el que estaba saliendo y que me engañó".

Algo parecido a una risa sale de mis labios y asiento en completo acuerdo. "Sí, me parece una decisión acertada, pero..."

"¿Por qué... estás molesto porque me quitaste la virginidad, Mal?"

"¡No!" Digo rápidamente, envolviendo a mi tierna princesa en mis brazos. "Absolutamente no."

"Bien", dice ella. "Mira, esa es una de las razones por las que no te lo dije. He oído que algunos chicos no quieren aceptar las tarjetas V de las chicas.

De nuevo tengo que reírme. Sacudo la cabeza. "Eso no es todo. Sólo quería asegurarme de que todo estuviera bien para ti".

Nadia se ríe. Dios, ella realmente es hermosa. ¿Cuáles son las posibilidades, me pregunto, de que ella y yo estemos en el bar la misma noche esta noche? Siento algo dentro de mi pecho cuando la miro pero rápidamente lo aparto. No, eso no, estúpido hijo de puta.

"Oh, fue genial para mí", dice Nadia con una sonrisa y una carcajada. "Realmente sabes lo que estás haciendo".

"Bueno, gracias", respondo. ¿Debería agradecerle por eso? No estoy muy seguro, pero parece lo mejor que se puede decir en este momento.

"¿Por cierto, qué edad tienes?"

"Veintinueve." Yo sonrío. Veo que sus ojos se iluminan como si le acabara de decir que ganó la lotería. "Eso es algo bueno, ¿supongo?"

Ella asiente, la punta de su lengua apenas asoma entre sus dientes. "Oh sí."

"Supongo que es verdad: a las chicas realmente les gustan los chicos mayores".

"Bueno, no puedo hablar por todas las chicas, pero esta chica sí. Y a los chicos mayores les gustan las chicas más jóvenes, ¿supongo?

"Bueno, ¿cuándo se parecen a ti?" Sonrío, me inclino y le planto un beso en los labios que es nada menos que perfecto.

Ambos dejamos escapar suspiros de pérdida mientras me deslizo fuera de ella y tomo una posición de cuchara grande a su lado en el sofá, acunando su linda cabecita en mi brazo. Todavía estoy bastante duro y puedo seguir así si sigo recorriendo su sexy cuerpo con mis ojos.

"No quiero ser ese tipo", le digo. "Entonces, ¿por qué no te quedas a pasar la noche?"

Nadia niega instantáneamente con la cabeza. "No quiero ser esa chica, así que no. Llévame a casa ahora mismo".

Se pone de pie de un salto, lo que hace que sus tetas tiemblen mágicamente e inmediatamente comienza a vestirse. Me siento rápidamente y le extiendo las palmas.

"Vaya, vaya, no tienes que hacer eso. Realmente no me molesta, Nadia". ¿Realmente siente que tiene que salir? ¿Como si ella fuera un gran inconveniente? Ella acaba de perder su virginidad conmigo, por el amor de Dios. "Quiero que te quedes-"

Justo cuando se está abrochando el sostén, se detiene y me mira. Sus ojos sonríen primero, luego sus mejillas y finalmente sus labios, exponiendo sus dientes en la sonrisa más grande que he visto en ella hasta ahora.

"Entendido." Ella me guiña un ojo y me apunta con el dedo.

"¡Oh, perra!" Salto del sofá y la agarro en mis brazos, ella se ríe y yo río, mientras la llevo al dormitorio y cierro la puerta detrás de nosotros.

# Capítulo7

Nadia

Bady se pondría jodidamente celoso si se enterara de esto.

Esos son mis primeros pensamientos cuando me despierto en la cama de Mal, mirando el techo blanquecino, ligeramente sudorosa y con el coño adolorido por las actividades de la noche anterior.

No era sólo la primera vez que me recuperaba de ninguno de los dos. Oh, no. Fue el momento nuevamente después de que él me llevó al dormitorio, nuevamente cuando me desperté cachonda en medio de la noche en algún momento y decidí ser esa chica y despertarlo con una mamada que se convirtió en más sexo, y nuevamente en algún momento cuando había un toque de sol entrando a través de las cortinas cuando tuvimos sexo con cuchara, donde él se colgó de mis senos todo el tiempo y besó mi cuello, haciéndome sentir como si me estuviera follando un vampiro.

Impresionante. Todo fue increíble.

No. Esa no es una palabra lo suficientemente fuerte. Asombroso. Fantástico. Increíble. Maravilloso. Maravilloso. Impresionante. Y al diablo con cualquiera que diga que Mal es demasiado mayor para mí, o que se está aprovechando de mí, o que no debería estar con él por cualquier razón intelectual que se les ocurra.

La naturaleza me grita que deje de tomar mis pastillas anticonceptivas para poder tener sus bebés. Me encantaría ver cómo me vería con una gran barriga de embarazada y todavía no sé qué quiero hacer con mi vida. Ni siquiera tengo mis cosas juntas.

¿Es esto amor a primera vista? ¿O simplemente estoy inundado de endorfinas por perder mi virginidad y que un completo Adonis me joda el cerebro? No sé. Lo que no sé es que necesito algo de tiempo para recuperarme, algo de tiempo para pensar en todo esto, y Mal probablemente no quiera que haya un pegajoso rondando por su casa todo el día, así que voy a dejar que me lleve a casa más tarde. Lo último que quiero hacer es arruinar lo que hemos hecho hasta ahora.

Miro a mi derecha, esperando encontrar a Mal profundamente dormido a mi lado, pero todo lo que veo es un lado vacío de la cama y una almohada con una hendidura. Me siento y luego oigo el ruido de abajo: los sonidos de la cocina.

Rápidamente saco las piernas de la cama, voy al baño, me lavo un poco de agua en la cara y hago algo con mi cabello para no parecer un espantapájaros total, luego me pongo la ropa. Encuentro a Mal en la cocina preparando huevos, ya con un montón de tocino cocido a su lado y una pila de tostadas. Me sonríe cuando entro por la puerta.

"Pensé que el olor de mi increíble cocina podría despertarte".

"Oh, ¿ahora eres Gordon Ramsay?" Bromeo.

"Maldita sea, tengo razón", responde, poniendo un acento británico que en realidad es bastante decente. "Y si no vienes aquí ahora mismo, pequeña señorita, habrá consecuencias. Serias y jodidas consecuencias".

"Oh." Sonrío, balanceando mis caderas mientras me acerco a él mientras revuelve los huevos. "Mi lindo culito, ¿quieres decir?"

Los ojos de Mal se iluminan y él asiente, deslizando una mano por mis pantalones para darle un apretón firme a mi mejilla izquierda. "Es como si pudieras leer mi mente".

"Es un rasgo que tengo. Simplemente no se lo cuento a la mayoría de los hombres. Disminuye la fuerza de mis poderes".

"Por supuesto." Mal se ríe. "Eso tiene mucho sentido".

Me besa de una manera que me hace sentir como una más de sus posesiones, pero en el buen sentido. De una manera maravillosa. Señala detrás de mí y me pide que le pase un par de platos, y lo ayudo a servir nuestro desayuno, luego lo llevo a la mesa, que está muy bien situada junto a las grandes puertas dobles que dan al patio trasero bien ajardinado. .

Comemos juntos y hago todo lo posible por mantener mi mente en un solo lugar, centrada en el hombre que tengo delante, pero simplemente no es posible. Pienso en cómo sería regodearse y darle esta noticia a Bady y ver la mirada estúpida en su cara de tonto de que él no fue quien tuvo que reclamarme, pienso en cómo será explicarle todo esto. Sarah y si entenderá o no por qué lo hice. Y me pregunto si debería decirle algo a Mal sobre lo que él y yo vamos a hacer en el futuro.

Afortunadamente, el desayuno es fantástico (Mal realmente es una gran cocinera) y eso me ayuda a mantenerme un poco concentrada en lo que tengo frente a mí. Cuando ambos terminamos, lavamos los platos en su enorme fregadero estilo granja. Intento hacerlos yo mismo ya que él cocina, pero no me deja.

"No, insisto", dice, así que realmente no hay nada que pueda hacer. ¿Cuáles son mis opciones? ¿Luchar contra él? ¡Mide el doble de mi tamaño! ¿Entonces qué hago? Justo cuando está terminando de cocinar los huevos en la sartén, me arrodillo y le bajo los pantalones. Supongo que no esperaba esto, porque jadea cuando agarro su polla y la llevo a mi boca. Aún así, incluso si no lo esperaba, le toma menos de un puñado de segundos ponerse completamente duro y llenar mis mejillas.

"Nadia, ¿estás segura de que nunca has hecho esto antes?" Pregunta, mirándome con una admiración que se siente tan increíble. Es como si me derramaran puros elogios físicos.

No puedo hablar, así que simplemente gimo negativamente y lo miro con ojos que dicen que no y sigo chupando. Termina de fregar y deja la sartén a un lado, luego se apoya contra el fregadero y pasa sus dedos por mi cabello. Están en su mayoría secos pero todavía ligeramente húmedos, lo que me excita por alguna razón. Realmente no podría explicar por qué.

Me duelen las rodillas (el suelo de su cocina es de baldosas duras), pero no me quejo. Ni siquiera intento reajustarme. Sigo cumpliendo con mi deber, balanceándome arriba y abajo sobre su cálida y gruesa virilidad, hasta que siento un pulso y escucho un profundo gemido desde arriba.

"Joder, dulzura, vas a hacer que me corra. ¿Vas a tragar por mí?

Asiento lo mejor que puedo, pero principalmente me comunico con mis ojos. Por supuesto que sí. Estoy desesperada por saborearlo. He escuchado tantas historias de chicas sobre el sabor del semen de los chicos (tantas bromas sobre si se debe escupir o tragar) y ya sé que no voy a ser una de esas chicas que escupe. Simplemente no lo soy.

"Diablos, sí, bebé", gruñe, apretando más su agarre en mi cabello.

Levanto la mano y acuno sus pelotas, puramente por instinto. Esto parece volverlo loco. Sus párpados se agitan y gime, indicando un profundo placer antes de que llegue la liberación.

El líquido cálido y salado se derrama por toda mi lengua, salpicando por todas partes, cubriendo el interior de mis mejillas mientras salpica desde la punta de su enorme polla. Instantáneamente trago y me burlo internamente de cualquier chica que alguna vez se haya quejado del sabor del semen. Mal sigue viniendo y no puedo tener suficiente.

"Joder", gruñe, su polla palpita mientras rocía más de su delicia en mi boca. Sigo tragando obedientemente hasta que no queda nada que tragar, luego espero allí hasta que suelta el firme agarre que tiene sobre mi cabello y exhala un suspiro de alivio agradablemente masculino.

La cabeza de su polla crea un pequeño sonido casi divertido cuando se desliza entre mis labios. Sonrío mientras me levanto y me abrazan.

"¿Te gusta que?" Yo susurro.

"¿A los cerdos les encantan las manzanas?"

"Yo—yo no lo sé. ¿Ellos?" Probablemente piense que le estoy haciendo pasar un mal rato otra vez, pero realmente no lo sé.

Mal simplemente se ríe en respuesta y me besa en la frente mientras me alisa el cabello hacia atrás. Me toma de la mano y me lleva hacia el sofá, pero antes de llegar allí, le doy la noticia.

"En realidad, probablemente debería pedirte que me lleves a casa ahora si no te importa", le digo, haciendo que parezca que tengo algunas cosas que debo hacer, lo cual no es así. Una vez más, realmente no quiero ser esa chica que se queda más tiempo de lo esperado.

"¿Oh?" Pregunta Mal, pareciendo sorprendido. "¿Día ocupado hoy?"

"Sí." Asiento con la cabeza. "Y no quiero molestarte".

"Oh, no estarías en mi cabello..."

Está siendo amable. Puedo decir. "¿Un gran propietario sórdido como tú?" Bromeo. "Estoy seguro de que tienes toneladas de clientes de los que aprovechar".

"¡Ey!"

Meto la mano en su bolsillo y saco su celular. "¿Por qué no te dejo mi número y si quieres ponerte en contacto conmigo, puedes hacerlo?"

"¿Si?" Pregunta Mal, con una sonrisa en su rostro. Respondo encogiéndome de hombros.

"Oigan, con ustedes nunca se sabe. Quizás no te vuelva a ver nunca más".

Cuando Mal llega a mi apartamento, una parte de mí quiere decir: ¡Oye, es broma, me quedaré el resto del día! Pero eso sería una locura. Así que simplemente me inclino sobre la consola central, lo beso, luego salgo y entro, sintiéndome como si estuviera envuelto en una manta eléctrica mientras subo las escaleras hacia mi departamento.

"¡Estoy en casa!" Anuncio mientras camino hacia la sala de estar y me tiro en el sofá. Normalmente, me recibe un ¡Bienvenido de nuevo, perra! O un sarcástico ¿A quién le importa? de mi compañera de cuarto Bianca, pero hoy me recibe el delicioso saludo del silencio.

"¿Hola?" Llamo de nuevo. Vi su auto abajo en el estacionamiento, así que a menos que su novio viniera a recogerla (lo cual sería extraño considerando que debería estar en el trabajo), ella debería estar aquí. Finalmente, escucho el sonido de pasos provenientes de su habitación y levanto la vista para verla entrar en la habitación con aspecto de haber tenido una muy mala mañana o de tener algo que decirme, lo que pone un gran freno a mi gran historia que contar durante mucho tiempo. esta mañana.

"Ve primero", digo.

"¿Qué?"

"Puedo decir que tienes algo que quieres decirme", respondo. "Así que ve primero, porque el mío te va a decir mientras".

"Oh", responde Bianca. Ella ni siquiera sonríe, así que sea lo que sea, debe ser malo. Estoy un poco preocupado, para ser honesto. No es buena para lidiar con el trauma emocional en su vida. "Bueno, este es tu aviso de treinta días".

Me lleva un segundo comprender qué es lo que está diciendo. Pero luego me doy cuenta. Aviso de treinta días. Esta perra me está dando treinta días para salir del apartamento (que técnicamente es su apartamento, ya que ella es la que está en contrato de arrendamiento) y encontrar un nuevo lugar para vivir. Y pensar que simplemente estaba preocupado por cómo le estaba yendo.

"¿Estás bromeando, verdad?" Pregunto, pero sé que no lo es.

Los ojos de Bianca están centrados en los dedos de sus pies. Ella siempre fue un poco asustadiza. "Jeff me propuso matrimonio y quiere que vivamos juntos, así que..."

"Entonces le dijiste que podía vivir aquí contigo en lugar de conmigo".

Ella asiente. Que tiene sentido. Jeff es un verdadero pedazo de mierda, al que siempre lo echan de cualquier lugar en el que viva actualmente. Así que supongo que ha vuelto a suceder y cree que mudarse con Bianca será mucho más fácil que buscar un nuevo lugar. Y supongo que eso sólo me genera un daño colateral.

"Lo siento, Nadia. Realmente soy-"

"Sí, apuesto a que sí", respondo.

# **Capítulo 8**

Nadia

Treinta días después...

Bueno, después de todo, parece que Malcom era la escoria de la tierra. Ha pasado un mes y todavía no he sabido nada de él. El hijo de puta me quitó la virginidad y ni siquiera me llamó. Honestamente, Bady probablemente me habría prestado más atención, incluso si no fuera genuina.

Además de eso, pasé veintinueve días buscando un lugar para vivir y se me ocurrió una situación absolutamente estúpida. Parecía cada vez más como si hubiera tenido que aceptar la derrota y mudarme a casa con los alquileres, lo que probablemente sería lo peor que podría hacer, considerando lo mal que funciona nuestro hogar cuando soy parte de él. Pero entonces conocí a Carolina.

A diferencia de los otros tipos con los que me había reunido, que eran todos propietarios (y obviamente sórdidos), Caroline es agente de bienes raíces y representa propiedades que ella misma no posee. Me mostró un par de lugares fuera de mi rango de precios; después de todo, ¿qué hay realmente disponible para una camarera en apuros en esta economía? Pero luego me mostró una pequeña unidad súper linda en la parte inferior de una casa grande que se había convertido en apartamentos más pequeños, y estaba justo en la cima de lo que podía pagar.

"Todo es bastante típico", me dijo mientras me mostraba los alrededores. "Todos los demás en el edificio tienen que caminar hasta el cuarto de lavado, pero tú tienes el tuyo aquí, en el armario".

"Eso es increíble", sonreí, examinando la lavadora y la secadora. Parecían viejos, pero Caroline me aseguró que ambos estaban en perfecto estado de funcionamiento.

"¿Sabes que tu abuela siempre tuvo una vieja batidora de cocina que parecía de los años 20? Bueno, eso es esto". Ella sonrió. "Parece que nunca se estropean. Nunca tendrás problemas con ellos. Y si ocurre algún extraño accidente, bueno, siempre tendrás las unidades compartidas como respaldo".

Continúa mostrándome el apartamento, pero en realidad no la escucho. Quiero decir, lo soy, pero en realidad no lo soy. Ya lo he decidido; Estoy alquilando este lugar. Estoy firmando el contrato de arrendamiento. Y no es sólo porque este sea el último día que tengo para salir de mi antigua casa, que ahora se ha convertido en la casa de Bianca y Jeff. Habría alquilado este lugar de todos modos.

Por supuesto, el hecho de que mañana me quedaré sin hogar (o volveré a vivir con mis padres de pesadilla) juega un papel bastante importante en mi decisión. Estoy muy contento de haber encontrado esta unidad y de no tener que volver a la casa de mis padres y enfrentar sus "te lo dije" y que me menospreciaran como a un niño durante el tiempo que me hubiera llevado encontrar otro lugar para vivir. vivir. No sé si creen que hablarme de esa manera realmente me ayuda o si son simplemente unos idiotas, y en este momento de mi vida, no me interesa especialmente averiguarlo.

"Bueno, ¡lo aceptaré!" Le digo con entusiasmo a Caroline. "¿Dónde firmo?"

Caroline sonríe, pero noto un indicio de... algo en sus ojos. "Bueno, hay algo que tenemos que hacer antes de que puedas firmar el contrato de arrendamiento". Oh Dios. Sabía que era demasiado bueno para ser verdad. "¡No es nada importante! Pero al propietario le gusta conocer a cada nuevo inquilino antes de alquilar. Sólo para un rápido uno a uno. Sólo debería tomar unos cinco minutos".

"Oh..." digo lentamente. "¿Para una partida de ajedrez relámpago o algo así?"

Carolina se ríe. "No no. Sólo quiere conocer a todos los que vivirán en su edificio".

"¿Él no confía en ti? ¿No es ese tu trabajo? ¿Para encontrar inquilinos?

"Lo es", coincide Caroline. "Pero dice que tiene una gran intuición cuando se trata de personas, y sólo quiere asegurarse, supongo, de que no se me ha escapado nada".

Caroline ya está sacando su teléfono y enviando un mensaje de texto, presumiblemente al propietario del edificio. Me imagino que es sólo otro imbécil de la escoria de la tierra, eso si se parece en algo a Malcom. Al menos mantiene su edificio en óptimas condiciones.

El teléfono de Caroline vibra y ella sonríe.

"Aquí vamos. Dice que bajará enseguida. Cinco minutos como máximo. Sabes, si yo fuera tú, empezaría a traer tus cosas ahora mismo.

"¿En realidad?" Pregunto. "Pero tu dijiste-"

"Él te amará", dice, apretándome el brazo. "Sólo sé que lo hará. ¿Y si no lo hace? Luego te ayudaré a llevar tus cosas a tu auto. ¿Qué te parece?

¿Honestamente? Siento como si pudiera saltar y chillar de alegría. ¿Una unidad fantástica para mí solo, con su propia lavandería, que aparece el día justo antes de que esté a punto de tener mala suerte y tener que retirarme a casa con mis padres? "Suena increíble". Sonrío y me mantengo de pie.

Caroline y yo salimos a mi auto y empezamos a agarrar cosas. Básicamente ya tengo todo empacado, sabiendo que si este no resultaba ser el lugar, tendría que regresar a casa de mis padres.

Arrastro mi maleta al dormitorio, que viene con su propia estructura de cama (y me quita una enorme cantidad de estrés), la dejo junto al armario y abro la cremallera. Caroline entra detrás de mí y deja una pequeña caja.

"¿Creo que esto tiene perchas?"

"Sí, lo hace". Yo sonrío. "Muchas gracias. Esto es de gran ayuda".

"No hay problema", responde ella. "Mi mamá dice que soy una ayuda natural. Simplemente me gusta ayudar a la gente, como ella".

Reflejo su sonrisa, pero es difícil cuando una imagen de su idílica familia aparece en mi mente, como burlándome de la que siempre mancha la mía cada vez que pienso en cómo crecí y cómo son las cosas cada vez que me veo obligado a regresar a casa por un tiempo. visita. Se llevan todos de maravilla, ¿no? Te criaron muy bien, ¿no?

Tengo celos de ella, pero hace mucho tiempo que aprendí a no dejar que mis celos se conviertan en resentimiento. Caroline no ha sido más que amable conmigo. Si no fuera por ella, no tendría este apartamento. Y aunque está vestida con un vestido elegante, está cargando mis cajas adentro por mí. Su madre claramente la crió bien.

De repente, detrás de ella, escucho el sonido de la puerta principal abriéndose. No llamarán de antemano ni llamarán a la puerta. La puerta simplemente se abrió seguida por el sonido de pasos claramente masculinos entrando al apartamento.

Las cejas de Caroline se levantan y susurra: "Ese es él. Ven conmigo."

Se da vuelta y sale del dormitorio. Respiro profundamente antes de seguirla.

Estoy nervioso. No debería serlo. Ella simplemente me aseguró que le agradaré y que todo irá bien, pero aún así. ¿Qué pasa si no es así?

Una vez más, respiro profundamente y salgo del dormitorio hacia la sala de estar y al instante me congelo cuando una jabalina de puro pánico me atraviesa el pecho.

Allí, de pie junto a Caroline, vestido de manera informal, teléfono celular en mano, luciendo tan guapo como siempre, está Malcom.

Algún tipo de reconocimiento se registra en su rostro, pero no sé exactamente qué.

Caroline se gira y levanta una mano hacia mí. "Malcom, este es…"

Pero antes de que pueda terminar, Malcom sonríe y asiente.

"Sí, nos conocemos", dice. "Hola, Nadia."

# Capítulo 9

Malcom

Nunca entendí el efecto que tuvo en mí el divorcio de mis padres hasta que fui mayor, hasta que me enamoré por primera vez. Yo tenía dieciocho años y su nombre era Tina. Hicimos todas las cosas que hace una pareja de adolescentes cuando está enamorada: fuimos al cine, manejamos autos y estacionamos, fuimos al baile de graduación, fuimos al baile de graduación; incluso le compré un vestido con el dinero extra. dinero que estaba ganando con el paisajismo lateral. Fue fantástico.

Realmente nunca peleamos. Todos mis amigos estaban celosos porque pensaban que ella era "muy buena", y cuando llegó el momento de planificar a qué universidades íbamos a ir, decidimos ir juntos a UCLA. Sería un buen cambio con respecto a New Hampshire y no tendríamos que extrañarnos ni preocuparnos por el otro. Fue entonces cuando mis problemas afloraron.

¿Pero qué pasa si las cosas no salen según lo planeado? ¿Qué pasa si uno de nosotros conoce a alguien que nos gusta más? Es una escuela grande; ¿Cómo podríamos saber qué va a pasar dentro de cuatro años? ¿Qué pasa si cambia mucho en su primer año? Todo el mundo dice que eso es lo que pasa cuando vas a la universidad. ¿Qué pasa si decidimos que ya no nos amamos?

Todas mis preocupaciones me golpean como un camión. ¿Entonces qué hice? Rompí con Tina, retiré mi entrada a UCLA y en su lugar me fui a Dartmouth.

Ella quería matarme, por supuesto, y me sentí muy mal por ello. Ella seguía preguntándome por qué, pero no podía darle una buena respuesta. Ni siquiera tenía diecinueve años todavía. ¿Cómo iba a explicarle mis problemas psicológicos más profundos? ¿Cómo iba a explicarle que pensé que ella me iba a dejar como mi mamá dejó a mi papá? Ni siquiera yo lo sabía del todo en ese momento.

Me tomó años entender que esa es la razón por la que nunca he tenido una relación seria en mi vida. También es la razón por la que no he llamado a Nadia desde la última vez que la vi.

Quería. Realmente lo hice. Ni siquiera puedo contar cuántas veces tomé mi teléfono, fui a su contacto, pasé mi pulgar sobre el ícono de marcado y luego tiré mi teléfono a un lado nuevamente con un suspiro.

Si la llamo y la vuelvo a ver me voy a enamorar, pensé. Y entonces todas esas preguntas, las mismas preguntas que antes me aterrorizaban, volvieron e inundaron mi mente como una lluvia torrencial.

"Bueno, bueno, bueno", dice Nadia, con una sonrisa y una mirada furiosa perfectamente mezcladas en su rostro. "Mira quién carajo es".

Caroline me mira, luego a ella y luego a mí. "Yo... probablemente debería irme", dice, dejando su tableta sobre la mesa. "El contrato de arrendamiento está aquí para lo que decidas, Malcom. ¡Adiós, Nadia!

"Adiós", dice Nadia con una sonrisa forzada. "Muchas gracias por tu ayuda, Caroline".

Caroline desaparece y prácticamente puedo sentir los láseres mortales saliendo de los ojos de Nadia mientras me mira fijamente. Normalmente soy bastante bueno con la gente (me ayuda estar en mi profesión), pero por primera vez en mucho tiempo no sé realmente qué decir, así que solo digo lo primero que me viene a la mente.

"¿Cómo estás?"

Nadia se burla como si le acabara de contar el chiste más ofensivo del mundo. Incorrecto. "¿Cómo estoy?" ella repite. "¿Como estoy? ¿Estás bromeando, verdad?"

"Bien-"

"Hace un mes que no sé nada de ti y lo primero que me preguntas es ¿cómo estoy?"

"Bueno, es mejor que una frase cursi para ligar, ¿verdad?" Sonrío. Tal vez algún buen encanto antiguo funcione con ella. Dudoso, pero tal vez.

"¿Una frase para ligar?" pregunta, entrecerrando los ojos. "¿Por qué necesitarías una frase para ligar, Malcom? Ya hemos tenido relaciones sexuales, ¿recuerdas?

"Sí, lo recuerdo-"

"¡Me quitaste la virginidad! ¿Recuerda eso?"

"Por supuesto que sí", respondo. Bady, ella ya me tiene a la defensiva. "¿Cómo podría olvidar eso?"

"Así que le quitas la virginidad a una chica y nunca más la llamas", dice Nadia, agitando las manos en el aire. "Como dije, realmente eres la escoria de la tierra".

Doy un paso más hacia ella. El aroma de su jabón llena mis pulmones, llevándome instantáneamente a esa noche que pasamos juntos. "Probablemente deberías relajarte, Nadia. Sabes que esta es una entrevista individual, ¿verdad? Le pregunto. "¿Dónde básicamente tienes que impresionarme para que te alquile este lugar?"

"Oh, me lo vas a alquilar", espeta Nadia.

"Lo soy, ¿verdad?" Respondo. "¿Y cómo sabes eso?"

"Porque me debes una", dice. Bady, ella es tan vivaz como la recuerdo, y mientras está allí mirándome, con los brazos cruzados debajo de esas tetas regordetas y perfectas, puedo sentir cómo me excito.

Sé que le debo una. No hay absolutamente ninguna manera de que pueda argumentar que no lo hago. La jodí por completo. Lo que hice me coloca directamente en la categoría de ese novio suyo infiel y de mierda... bueno, tal vez un paso por debajo, pero cerca. Pero aún así, no puedo rendirme y reconocerle esto. Así que ladeo la cabeza hacia un lado y chasqueo la lengua contra los dientes inferiores.

"¿Te debo?" Pregunto. "¿Cómo te imaginas?"

Realmente estoy empujando esto aquí, y puedo verlo cuando veo el fuego brillar en sus ojos.

"Me gustaría ser propietario de un arma", dice Nadia. "Como mi papá hijo de puta. Así podría explotarte en tu cara engreída ahora mismo.

"¿No tienes una maza de llavero?"

Ella piensa por un momento y luego señala con el dedo índice en el aire. "Sabes que-?" Ella se da vuelta, pero antes de que pueda hacer un movimiento hacia su bolso, me acerco y la envuelvo en mis brazos. Y Dios hace que se sienta bien.

El olor en mis pulmones, el calor contra mi cuerpo, la sensación de lo pequeña que es su cintura y la presión de sus regordetas tetas de dieciocho años contra mi pecho mientras me golpea con los puños y grita pidiendo su libertad.

"¡Quítate de encima!"

"Deja de fingir que no te gusta", me río entre dientes, aumentando la presión con la que la sostengo.

"Oh, está bien, señor depredador sexual".

"Hace un segundo, yo era el Sr. Abandono", digo. "¿Ahora soy el señor depredador sexual? ¿Cuál es? ¿Pensé que querías tener mis manos sobre ti?

Al instante, Nadia deja de retorcerse. "Tienes razón, papá. Tómame. Tómame ahora."

Ella me mira con los ojos más confrontativos que jamás haya visto. Sería el peor sexo que hayas tenido en tu vida, hijo de puta. Eso es lo que ella me está diciendo. Y no tengo ninguna duda de que también lo sería, a pesar de que sigue siendo la mujer más hermosa que jamás haya caminado sobre la tierra. Ella encontraría alguna manera de meterse en mi cabeza, de hacerme sentir que le estaba arruinando las cosas; fuera lo que fuese, me sacaría tanto de la experiencia que simplemente no podría disfrutar. Sería una catástrofe.

"Bien", respondo, soltándola. Tomo la tableta y la ofrezco. "El lugar es tuyo".

Sonriendo, como si acabara de derrotarme en la batalla de voluntades más grande del mundo, Nadia se desplaza hasta el final del contrato de arrendamiento y extiende el dedo para firmar. "Con una condición", agrego.

Hace una pausa y sus ojos se fijan en los míos.

"¿Oh? ¿Y qué es eso?"

"Voy a cambiar el alquiler", digo con una sonrisa maquiavélica que hace que sus hombros caigan y su rostro comience a petrificarse.

"Malcom", dice lentamente. "No puedo permitirme más... Apenas puedo permitirme esto tal como está..."

"Lo estoy bajando", respondo. "De hecho, voy a eliminar el alquiler por completo".

"Oh, vete a la mierda..." Nadia no es tonta. Ella ve hacia dónde se dirige esto.

"Si-"

"Vete a la mierda, Malcom."

"Si tienes sexo conmigo todas las noches". Sonrío, agarrando el bulto que ya se está formando en mis pantalones. "Y dos mañanas a la semana".

# Capítulo 10

Nadia

¿Qué está haciendo Bady ahora? ¿Justo en este momento? Me pregunto. Ha pasado un mes desde que él y yo rompimos, y dudo que todavía esté con Jamie (al menos de manera seria), así que me pregunto qué estará haciendo. No es que esté sufriendo por las perspectivas. ¿Se arrepiente de lo que me hizo? ¿Piensa en mí en absoluto, o es simplemente un imbécil sociópata que todavía se siente derrotado por el hecho de que no fue el primero en meter su polla dentro de mí?

Porque aparentemente, eso es lo único que les importa a los hombres: meter sus pollas dentro de las mujeres. Realmente pensé que Malcom era más que eso después de que nos conectamos, pero supongo que no. Que no me devolviera la llamada fue el primer paso para demostrarlo, pero este pequeño truco de ofrecerme alquiler gratis para follarlo regularmente es el segundo paso.

"Realmente eres un pedazo de mierda, ¿no?" Pregunto, sintiendo que mi corazón comienza a romperse. Levanto la tableta, listo para arrojársela. Honestamente, no podría importarme menos en este momento. Lo único en lo que estoy pensando ahora es en mi puntería y en si puedo o no romperle el cráneo con un lanzamiento tipo frisbee. "Sabes que realmente pensé que eras un ser humano decente..."

Tiro mi brazo hacia atrás, imaginando la cabeza de este capullo que roba la virginidad, aplasta el corazón y envenena el alma estallando como una sandía cuando la envuelves con demasiadas bandas elásticas, pero justo antes de que pueda, Malcom levanta ambas manos en algo parecido. rendirse.

"¡Espera, espera, espera, espera, Nadia! ¡Estaba bromeando! Fue una broma, ¿¡vale!? En realidad parece sincero, así que me contengo. "Mal, nunca pensé que tendría que decir esto, pero está bien, en realidad te cobraré el precio total del alquiler".

Él sonríe y puedo decir por la forma en que sus labios se curvan que en realidad estaba bromeando. Lentamente, muy lentamente, bajo la tableta y respiro profundamente.

"Realmente deberías dejar de alquilar propiedades y dedicarte al monólogo, Malcom. Podrías destronar a todos".

Malcom sonríe. "¿Eso crees?"

"No." Le muestro el área de la firma al final del contrato de arrendamiento. "¿Entonces aquí es donde firmo?"

El asiente. "Sí."

Escribo mi nombre rápidamente antes de que pueda decirme más tonterías. "Simplemente no esperes tener sexo a diario, ¿de acuerdo? Oranysex, por cierto.

"Me sacaste las palabras de la boca", dice mientras le entrego la tableta.

"¿Disculpe?"

"Bueno, ambos sabemos lo bien que te follo", resopla. "No me gustaría que te encariñes conmigo y conduzcas hasta mi casa a todas horas de la noche, despertándome de un sueño profundo y cosas así".

Nunca antes había sido una chica con problemas de ira. Siempre he sido muy sensato. Supongo que eso es el resultado de haber sido criado con un padre que tiende a criticar básicamente todo y a enrojecer ante cosas que simplemente molestarían a la mayoría de las personas. Pero ahora mismo siento como si todos los órganos de mi cuerpo estuvieran a punto de desbordarse y salir disparados de mi boca como un volcán en erupción.

Quiero arrancarle su estúpida y hermosa cara, darle una patada en las pelotas y golpearlo fuerte en la cabeza con algo. Quiero gritar hasta el cansancio. Pero tampoco quiero que él sepa lo enojado que me ha hecho (y me está haciendo). Entonces, en lugar de eso, doy un paso adelante y lo miro con una expresión de suficiencia en mi rostro.

"¿Sabes por qué creo que no pudiste llamarme en los últimos treinta días, Malcom?" Pregunto.

No se lo esperaba, lo noto, pero rápidamente oculta la reacción.

"No, pero apuesto a que me lo vas a decir".

"Porque esto"—arrastro lentamente mi mano por el espacio entre mis muslos como una stripper montando un espectáculo para uno de sus clientes—"era demasiado bueno para que lo manejaras, y sabías que si probabas otro sabor, lo probarías". Ser adicto."

Pensé que Malcom se reiría o sonreiría o reaccionaría de alguna manera semi-luchadora y combativa como estoy acostumbrado, pero para mi sorpresa, su mandíbula cae lentamente y se limita a mirarme por un momento antes de fruncir el ceño y Sacudiendo su cabeza.

"Mujer. Siempre llenos de sí mismos". Luego se da vuelta y se dirige hacia la puerta.

"¿Disculpe?"

"Imprimiré una copia de esto para ti y le pediré a Caroline que te la traiga mañana", dice mientras sale. "Pero ya estás listo. Siéntete libre de seguir trasladando tus cosas. Es un edificio que no admite mascotas, pero estoy seguro de que ella te lo informó.

Mi presión arterial está alta, lo sigo afuera. "¿Las mujeres siempre llenas de sí mismas? ¿De verdad acabas de decir eso?

Malcom acciona el control remoto para desbloquear su Maserati y abre la puerta. Él me mira y sonríe. "¿De verdad quieres tener un debate conmigo ahora mismo, Ellen?"

"¿Ellen? ¿Quién eres tú, Tucker Carlsen?

Malcom simplemente se ríe, se sube a su auto y se aleja, dejándome sola afuera de mi nuevo apartamento, sintiéndome mucho menos satisfecha de lo que debería sentirme en este momento. Debería estar feliz, aliviado, emocionado de ir a las tiendas de segunda mano en busca de muebles y chucherías para decorar el lugar y hacerlo mío, para convertirlo en un hogar, pero en cambio, estoy enojado. Me pregunto si juzgué completamente mal a Malcom, me pregunto si le di mi virginidad al hombre equivocado y por qué diablos me acosté con él para empezar.

Es casi la una de la madrugada. para cuando esté completamente instalado y desempaquetado. Odio absolutamente mudarme. No hay nada peor que mudarse, de eso estoy convencido. Además de cosas como la tortura y la prisión, por supuesto. Pero estoy hablando de cosas de la vida normal de personas normales que no son criminales y no son enviadas a la guerra. Luego es mudarse o tener que trabajar un doble turno que se convierte en quince horas cuando te llaman inesperadamente para abrir cuando te dicen que es tu día libre, y esa camarera que te odia por razones que aún no entiendes también lo es. trabajando y ha decidido hacer de su vida un infierno hoy porque su novio rompió con ella.

Pero, en realidad, todavía se está moviendo. Esto es lo peor.

Así que estoy acostada sobre mi edredón y el montón de mantas que me servirán de cama esta noche hasta que pueda conseguir un colchón de verdad aquí, mirando al techo, intentando y sin poder pensar en nada más que en Malcom. Pero es imposible sacarlo de mi mente.

¿Por qué no me llamó? En realidad, no me dio ninguna razón, y soy un juez de carácter bastante decente. Quiero decir, sabía que a Bady no le gustaba mucho. Sabía que Bianca tenía malas noticias para mí esa noche cuando llegué a casa. Generalmente sé que hay drama en el trabajo antes de que alguien salga y cotillee al respecto.

Entonces, ¿por qué no sabía que Malcom simplemente me estaba usando? Simplemente no tiene ningún sentido. A menos, por supuesto, que Malcom sea simplemente otro jugador como Bady, pero eso tampoco me parece bien.

Me siento, agarro mis llaves y salgo corriendo hacia el auto. No debería estar haciendo esto, y lo sé, pero empiezo a conducir hasta la casa de Malcom de todos modos. Es media noche y voy a parecer una auténtica zorra psicópata cuando aparezca allí pidiendo respuestas, pero también sé que las posibilidades de que me duerma sin un puñado de medicamentos recetados (lo cual no es algo que hago), es aproximadamente cero por ciento. Además, el contrato de arrendamiento ya se firmó y él y yo tenemos una... relación especial. No me va a echar el primer día por aparecer y empezar una mierda. ¿Es él?

No me lleva mucho tiempo llegar a su casa, pero es tiempo suficiente para que gran parte de mi confianza se pierda. Pensé que podría simplemente volar por el camino de entrada y marchar hasta su puerta principal, pero, vergonzosamente, lo que termina sucediendo es que simplemente me detengo y estaciono a una cuadra de distancia y contemplo las luces que todavía brillan en el camino. windows.¿A esta hora, idiota?¿Qué sigues haciendo despierto?

Esto es tan humillante. Todo lo que ha pasado entre Malcom y yo ha sido una mala elección. Hay una opresión en mi pecho que parece extenderse, agarrándome como el puño de un hombre realmente grande que intenta aplastarme hasta convertirlo en pasta de Nadia. Realmente debería irme a casa. Yo sé eso. Y estoy a punto de hacerlo, realmente lo estoy, pero entonces es cuando el auto con la chica linda se detiene.

Una chica preciosa. Aunque tiene el pelo recogido, lleva maquillaje y lápiz labial que la hacen parecer una modelo. Ella hace exactamente lo que yo quería hacer y se detiene frente a la puerta de Malcom, estaciona, sale y camina directamente hacia su casa, vestida con una falda negra ajustada y tacones que puedo escuchar clic-clac en la noche desde donde estoy. Estoy estacionado.

Ni siquiera tiene tiempo de llegar a la puerta y tocar antes de que se abra y aparezca Malcom vistiendo pantalones cortos y una camiseta sin mangas que muestra sus brazos rasgados que humedecerían las bragas de cualquier chica en un instante después de solo una mirada.

Él la atrapa cuando ella casi se arroja sobre él, y observo con absoluto horror cómo la arrastra hacia la casa y cierra la puerta detrás de ellos.

# Capítulo 11

Nadia

Estoy echando humo. Literalmente podría calentar todo el edificio de apartamentos si volviera allí ahora mismo y todos los inquilinos se preguntarían por qué sus unidades estaban tan calientes, a pesar de que apagaron la calefacción hace horas.

Sólo otro idiota. No sé por qué me permití pensar algo diferente sobre Malcom, pero lo hice. Pero él simplemente siguió adelante y mostró sus verdaderos colores. Es un Slytherin, un Lannister. Un bastardo tortuoso y narcisista que busca su propio beneficio. Él no sabe que estoy aquí mirando, pero dudo que le importe si lo supiera en este momento. Obtuvo lo que quería de mí y firmé su contrato de arrendamiento. ¿Qué le importa ya lo que pienso?

Mis ojos recorren cada centímetro de su casa desde donde estoy estacionado. ¿Qué están haciendo allí? Me pregunto: ¿Quién es ella? ¿Por qué se arrojó sobre él de esa manera?

Imágenes terribles inundan mi mente cuando los imagino juntos, algo parecido a mi propia pornografía de terror cuando pienso en él haciéndole cosas similares a las que me hizo a mí y en ella disfrutándolas tanto como yo. Quizás incluso más. Tal vez ella tenga más experiencia que yo y sea más capaz de relajarse que yo y, como resultado, tendrá como cincuenta y cinco orgasmos antes de desmayarse en sus brazos.

Y por la mañana le preparará huevos con tocino y tostadas...

"¡Maldito infierno!" Pongo mi auto en marcha y piso, rechinando los dientes mientras acelero la cuadra y me deslizo hacia su camino de entrada, mis neumáticos chirrían como si estuviera en medio de una persecución de una película de Hollywood.

Sí, aquí viene esa perra psicópata que me preocupaba antes. Ella está saliendo y no creo que pueda detenerla.

Me dirijo directamente al auto de esa otra chica, quienquiera que sea, Miss Vestido Negro y Tacones. Si no freno pronto, voy a chocar contra él, destruiré ambos vehículos y probablemente también terminaré en el hospital. Maldita sea, Malcom, hijo de puta. Puedo sentir mi corazón latiendo con fuerza por el dolor. mientras mis ojos se nublan con lágrimas.

En el último segundo, me desvié y pisé el freno. La parte delantera de mi auto roza por poco el parachoques trasero de la perra, y me detengo en el jardín delantero de Malcom, arrancando el césped en dos largas tiras, evitando por poco el desastre.

Sí, lo oyeron, pienso mientras salto del auto y camino rápidamente hacia la puerta principal. Nunca antes había tenido un ataque de ansiedad, pero sí he tenido problemas de ansiedad, y este definitivamente califica como uno de esos cuando extiendo la mano y agarro el pomo de la puerta principal de Malcom.

Está desbloqueado, así que entré mientras Malcom y la perra del vestido negro y tacones salían de la sala de estar. Sólo que ahora ya no lleva vestido negro ni tacones; Lleva pantalones cortos y una camiseta, como si se hubiera puesto algo presa del pánico cuando escuchó a alguien en la puerta; se puso algo porque estaba desnuda hace dos segundos.

"¿Qué diablos, Nadia?" grita, tratando de mirar por encima de mi hombro a través de una de las ventanas junto a la puerta para ver el daño que acabo de crear. "¿Qué estás haciendo?"

"¿Qué estoy haciendo?" Me burlo. "Eso es rico". Vuelvo mis ojos hacia la chica y luego de nuevo hacia él. "Eso es rico viniendo de ti en este momento".

El rostro de Malcom se endurece y cruza los brazos sobre el pecho. "¿Estás bromeando no? ¿De eso se trata esto?

La niña se ríe. "No hay forma-"

Malcom la silencia con un gesto de la mano. Vaya, los dos deben ser muy cercanos. O eso, o simplemente no tiene las agallas para defenderse.

"¿Cómo es que... me estás acosando o algo así?" pregunta Malcolm.

"No, no te estoy acosando", espeto. "Y tampoco cambies de tema. ¿No me llamas durante treinta días y luego te encuentro con ella?

Esta vez, la chica se echa a reír como si yo fuera Don Rickles y ella fuera Frank Sinatra y le acabara de contar el chiste más divertido de mi carrera. Malcom levanta una mano para silenciarla, pero esta vez, ella lo ignora por completo y se apoya contra la pared con una mano en el estómago como si se le fueran a caer las tripas si se ríe más fuerte.

"¿Hay algo gracioso?" Digo, sintiendo la ira dentro de mí amenazando con abrumar la ansiedad. Ni siquiera puedo empezar a describir lo herido que me siento mientras hago lo mejor que puedo para luchar contra las imágenes de Malcom y ella haciéndolo en el sofá. Apuesto a que sus dedos huelen a su coño en este momento. Ni siquiera quiero acercarme a él. "¿Hay algo gracioso en engañarme mientras tienes otra mujer aquí mismo? ¿Cuántas otras mujeres tienes, Malcom?

La chica sigue riéndose mientras Malcom levanta las manos y se acerca a mí lentamente. Retrocedo.

"Nadia, respira".

"¡Respóndeme!" Estoy intentando no gritar. No te pongas histérico. Por supuesto que ya he fracasado en ese aspecto.

"Nadia, ella es Nikki", dice suavemente. "Ella es mi hermana."

La vergüenza me inunda como la ola de un tsunami. Miro a Nikki, que todavía se ríe, pero que claramente está haciendo todo lo posible para recuperar el control.

"Tu hermana..." repito lentamente.

"Sí." Malcolm asiente. "Ella está teniendo problemas con su esposo, quien no me agrada, para que conste, y decidió venir a llorar en el hombro de su hermano mayor esta noche después de que su cita nocturna planeada no salió como ella esperaba".

"Sí, no te gusta", interviene Nikki, con un tono tenso en su voz. "Me lo has recordado muchas veces".

"Y te llevaré a mi casa por muchos más..."

"Está bien, está bien", gime Nikki, agitando la mano. "¿Qué quieres que te diga? ¿Gracias? Lo he dicho antes".

Mi corazón se está hundiendo. Estoy sin aliento. La magnitud del error que he cometido esta noche... ¿podría ser mayor? Puedo sentir el pulso acelerado en mis manos, en mi cuello, en mis dedos de los pies. Tengo que salir de aquí.

"Me voy", digo mientras me giro hacia la puerta. Pero cuando alcanzo el pomo de la puerta, siento la mano de Málcom en mi muñeca.

"Vaya, espera un segundo". Me hace girar hacia él como si estuviéramos bailando y me atrapa en sus brazos. Pero ni siquiera puedo mirarlo. Giro la cabeza y miro la pared, donde cuelga un cuadro de una costa mientras se pone el sol. "No te irás ahora mismo".

"¿No soy?" Mi voz es apenas un susurro. Me está diciendo qué hacer y, por alguna razón, estoy casi feliz de dejarlo. Sí, darme órdenes. Te necesito.

"No. Ahora no, no lo eres", dice. "Nikki, ve a dormir a la casa de huéspedes. Hablaremos más por la mañana".

"Vale jefe." Estoy seguro de que tiene más que decir, pero está siendo amable conmigo por alguna razón. Dios, piensa en lo terrible que debo lucir ahora mismo para que ella haga eso. Mantengo mis ojos en la pintura pero escucho sus pasos mientras sale por la parte de atrás. Una vez que la puerta se cierra, Malcom me toma por la barbilla y me obliga a mirarlo.

"Yo nunca te haría eso", dice con firmeza, con los ojos llenos de sinceridad. "No soy como tu ex".

"Por supuesto que no lo harías. No estamos saliendo, Malcom —respondo con algo de rencor. "Lo dejaste bastante claro cuando no me llamaste".

Por primera vez desde que lo conocí, veo a Malcom vacilar. Hace una pausa como si fuera a decir algo, luego se detiene y visiblemente elige otra cosa.

"Tenía mis razones".

"¿Oh?" Pregunto. "¿Y cuáles fueron esos?"

Para mi sorpresa, siento su mano deslizarse por mi camisa y tocar mi pecho. Debería agarrarlo y sacarlo de allí. No, no puedes hacer eso ahora, pero no lo hago. Lo dejo y todo mi cuerpo cobra vida.

"No sé si la chica que acaba de arrancar mi césped y irrumpió en mi casa a la una de la madrugada podrá exigirme algo ahora mismo", responde Malcom con una sonrisa, cambiando su agarre hacia mi otro pecho y apretando el pezón con la cantidad justa de presión.

"Oh, ¿es así?" Pregunto. "¿Pero el tipo que no me llama durante un mes tiene acceso a mi cuerpo?"

"Me diste tu virginidad", responde, deslizando su palma por mi estómago hasta llegar al dobladillo de mis pantalones. Abre el botón y desliza dos dedos dentro. "Tengo acceso a tu cuerpo cuando quiera, para siempre".

Esto es Loco. No creo que deba dejar que esto suceda ahora, pero tampoco tengo la capacidad de detenerlo. No, en realidad eso no está bien. No quiero detenerlo. La forma en que me toma como si fuera mi dueño me excita de una manera muy primaria. Debería estar furiosa y presionarlo para que se explique sobre los últimos treinta días, pero cuando sus dos dedos encuentran mi clítoris, no puedo hacer nada más que desplomarme hacia adelante y dejar que mi cara caiga contra su pecho fuerte y varonil.

"Yo... no deberíamos", balbuceo en un susurro.

"Oh, sí deberíamos", responde Mal, su voz es un gruñido en mi oído. "Y vamos a hacerlo".

# Capítulo 12

Malcom

El divorcio de mis padres fue lo más difícil por lo que jamás pasé. Nunca fui a terapia por eso, y mi hermana tampoco. Deberíamos haberlo hecho, y lo sé ahora. Ella y yo lo afrontamos de diferentes maneras. Me convertí en lo que se podría llamar "una jugadora" y Nikki decidió que podía tomar el camino opuesto y hacer exactamente lo que mamá y papá no hicieron.

Podía encontrar al hombre adecuado, enamorarse, casarse con él y hacer que todo funcionara. Ella no la engañaría, no se enamoraría de otra persona y tendrían una relación perfecta de cuento de hadas, casi por despecho, casi para decirle a mi mamá: "¿Ves? Esto es lo que deberías haber hecho".

Encontró a su hombre, Thomas, justo después de la secundaria, e hizo todo lo posible para que todo saliera lo mejor posible. Y lo hicieron por un tiempo... por un tiempo.

Las cosas en su relación comenzaron a deteriorarse. No fue nada importante. No fue todo a la vez. Pero de vez en cuando, me encontraba acogiéndola cuando ella simplemente no podía soportar estar en casa con su marido. A veces se quedaba dos noches antes de regresar a casa para arreglar las cosas nuevamente. Y si ya no tenía una visión bastante mala de las relaciones y el amor, el matrimonio de Nikki y Thomas no ayudó precisamente.

Pero esta noche, mientras sostengo a Nadia en mis brazos y siento su suave piel contra mi cuerpo, y miro sus ojos inocentes que me miran con tanta necesidad, una maravilla que hace momentos me preguntaban: ¿Cómo pudiste hacerme esto? Me pregunto si las conclusiones que he estado sacando del divorcio de mis padres, de la relación desintegrada de Nikki y Thomas, no han sido del todo equivocadas.

Separo los pliegues con mis dos dedos y encuentro su clítoris, agradable, húmedo y listo para mí. Sí, ella quiere esto, a pesar de las réplicas bocazas que me ha estado dando. Todo lo que tengo que hacer es aplicar la más mínima presión a su pequeño botón y todo su cuerpo cobra vida. Su espalda se arquea y sus caderas se mueven hacia mí, y tengo que cambiar mi agarre hacia la parte superior de su espalda para evitar que caiga hacia atrás mientras sus piernas se debilitan.

Un sensual gemido cae de sus hermosos labios, y observo atentamente cómo la lujuria se apodera de su rostro y sus ojos se enfocan en los míos, llenos de pura sumisión y deseo. Haz lo que quieras conmigo, dicen. Y Dios, no necesito que me lo digan dos veces.

Mi pulso se acelera mientras rodeo su clítoris con la punta de mi dedo. Su cuerpo comienza a temblar mientras la sostengo. Hace muchísimo calor, pero no es suficiente. Necesito verla. Necesito verla toda.

Con un solo movimiento, la levanto de una manera que le hace saber que se supone que debe rodear mi cintura con sus piernas, y lo hace. Y luego subo las escaleras y entro a mi habitación, donde la dejo en mi cama y rápidamente empiezo a rasgarle la ropa como si pudieran envenenarla o comenzar a quemar sus capas de piel.

"Mal..." gime mientras la desvisto y la dejo en su hermoso traje de cumpleaños. La escucho, pero apenas. Su belleza y este maquillaje (si eso es lo que es) me tienen ferozmente perdido en el momento mientras me arrodillo y presiono mis labios contra los de ella: los dulces, húmedos y rosados labios entre sus muslos que apenas sé que suplican ser lamidos y chupado por mí en este mismo momento. Ella grita. "¡Ay dios mío!"

Deslizo mi lengua en su agujero, saboreándola e imitando la penetración, luego arrastro mi bulbo carnoso por su valle húmedo hasta que encuentro su clítoris nuevamente. Sólo que esta vez me lo llevo a la boca y empiezo a chuparlo suavemente. Esto vuelve loca a Nadia. Ella comienza a retorcerse en la cama, agarrando las sábanas mientras gemidos y gemidos sensuales gotean de su boca.

Eso es, dulce cosa, quiero decir, pero tengo la boca llena. Ven por papá.

Mirar hacia arriba es una vista tan deliciosa. Sus tetas adolescentes son montículos perfectos y alegres que rebotan y se balancean con cada movimiento, haciendo que mi polla palpite con un deseo feroz. Me muero por estar dentro de ella. Pero primero voy a terminar lo que estoy haciendo.

"Mal, no puedo...", tartamudea mientras su cuerpo comienza a temblar aún más. "No p-no puedo".

Oh, sí puedes, quiero decirle. Y lo vas a hacer. Pero no voy a quitar mis labios del pequeño y sabroso botón de placer. No estoy cambiando el ritmo con el que estoy chupando. Lo único que hago es seguir haciendo lo que estoy haciendo para que Nadia pueda llegar a donde necesita llegar. Y si sé algo, ella está ahí.

Levanto la mano y agarro sus tetas con ambas manos. Mi pulgar y mi índice se cierran alrededor de sus pezones y su espalda se arquea aún más fuerte fuera de la cama. Bady, se ve tan bien que es casi imposible. Si viera una foto de esto ahora mismo, pensaría que es A.I. Ella se ve tan bien.

"¡Mal!" Ella jadea, se agacha y toma mi cabello con una mano. "¡M-Mal!"

Ella está ahí. Todo lo que tengo que hacer es lo que estoy haciendo durante unos segundos más, y eso es exactamente lo que hago. Y luego sucede.

Todo el hermoso cuerpo de Nadia se tensa. Cada uno de sus músculos se tensa y sus muslos se aprietan alrededor de mi cabeza como un par de alicates carnosos. Sonrío cuando un gemido se atrapa en su garganta, luchando por salir mientras su orgasmo la retiene, paralizándola por un momento como una estatua mientras mantengo mi lengua plana contra su clítoris con la cantidad justa de presión para que siga viniendo. pero no para sobreestimularla hasta provocarle un ataque de retorcerse.

"¡Mierda!" grita cuando sus músculos finalmente se desbloquean y se desploma contra el colchón con una combinación de gemido y suspiro de satisfacción que es más que música para mis oídos. Muy lentamente, me quito la lengua y me desnudo mientras la miro, jadeando debajo de mí, su rostro cubierto con una fina capa de sudor, lo suficiente como para hacerla brillar. "Oh, Dios mío, Mal, eso fue increíble. Eres increíble".

Debería tener una réplica encantadora para ella aquí, o al menos debería poder darle una sonrisa encantadora mientras me agacho encima de ella y me preparo para deslizarme dentro. Después de todo, así ha sido siempre nuestra relación hasta ahora.

Pero no puedo. Las cosas han cambiado.

Esta vez, mientras me deslizo dentro de Nadia y miro sus hermosos ojos, recibo un golpe directo en el pecho con una sensación que nunca antes había sentido. Sin embargo, es un sentimiento que sabía que iba a sentir si le devolvía la llamada, si dejaba que nuestra relación continuara. Un sentimiento que me aterrorizaba por el divorcio de mis padres. Por el fracaso del matrimonio de Nikki. Por mi creencia de que, al final, las cosas simplemente no saldrán como crees.

Amar.

La rodeo con mis brazos mientras empiezo a mover mis caderas y la acuno como nunca antes la había acunado a ella ni a ninguna otra mujer. Debe haber algo en mis ojos o algo escrito en mi cara porque Nadia me mira fijamente y acaricia suavemente mi mejilla con el dorso de su mano.

"Mal, ¿qué pasa?" ella pregunta.

No es sólo puro placer lo que siento mientras me muevo hacia adelante y hacia atrás dentro de ella. Es más... mucho más. Ahora se está forjando un vínculo entre nosotros.

"Cuando condujiste hasta aquí..." Sonrío. "Cuando pensabas que Nikki y yo estábamos juntos, y vi esa expresión en tu cara..." Nadia intenta apartar la mirada, pero la detengo y la obligo a mirarme directamente a los ojos. "Cuando vi la expresión de tu rostro y me di cuenta de que estaba tan cerca de romperte el corazón, me hizo entender algo sobre mí, Nadia".

"¿Q-qué fue eso?" ella pregunta.

"¿Quieres saber por qué no te llamé?" Ella asiente lentamente. Puedo ver la vacilación en su rostro. "Tenía miedo de que si me permitía acercarme a ti otra vez, estar contigo otra vez, me enamoraría de ti".

Sus labios se curvan en una pequeña sonrisa. "Idiota".

"Pero cuando condujiste hasta aquí esta noche, me di cuenta de algo".

"¿Qué es eso?"

"Que ya estoy enamorado de ti".

Palabras que nunca pensé que diría están saliendo de mi boca. Puede que haya quitado la virginidad a Nadia, pero de repente me siento como un hombre completamente nuevo.

Sus ojos comienzan a nublarse y luego brotan las lágrimas. Ella echa sus brazos alrededor de mi cuello y no sé quién se inclina para besar a quién, pero terminamos casi devorándonos en el beso más apasionado jamás visto mientras continuamos haciendo el amor en mi cama, un lugar que nunca quiero. que ella se vaya otra vez.

"Yo también te amo", susurra mientras sigo follando dentro de ella, estirándola con mi virilidad hinchada, acercándome cada vez más al clímax.

"Lo siento mucho, dulce…"

"Silencio", dice, sacudiendo la cabeza. "Está bien. Sólo fóllame".

Y lo hago. La golpeo fuerte hasta que ambos nos corremos exactamente al mismo tiempo. Me descargo dentro de ella, deseando que no estuviera tomando la píldora para poder criarla por completo y hacerla mía plena y completamente para siempre. Luego nos quedamos ahí tumbados durante lo que parecieron horas, simplemente trazando las líneas de los cuerpos del otro, sin siquiera decir nada, hasta que finalmente termino el silencio.

"Estoy rompiendo tu contrato de arrendamiento".

Nadia me mira con preocupación durante un milisegundo antes de darse cuenta de que debe haber algo más en lo que estoy diciendo. Ella sonríe y se acerca. "¿Oh sí?"

"Sí." Asiento con la cabeza. "No lo necesitarás porque te mudarás conmigo".

# Epílogo

Malcom

Cinco años después...

Ser honrado por algo es extraño. No hay mucha gente que pueda identificarse, pero yo soy una de ellas y puedo dar fe de que es muy extraño y difícil de navegar.

Hace tres años y medio, tomé parte de mi dinero, arreglé uno de mis viejos edificios decrépitos y abrí un refugio para víctimas de violencia doméstica en la ciudad. Puede que yo haya sido el dinero detrás de todo, pero Nadia fue la inspiración. Ella fue quien realmente me hizo pensar en lo que estaba haciendo para ayudar a la comunidad, además de simplemente cobrar el alquiler y estar un paso por encima de un propietario de "escoria de la tierra".

Sus palabras realmente tuvieron un impacto en mí, así que puse el proyecto a toda marcha y la puse a cargo de coordinar con la ciudad, los trabajadores sociales y las diversas organizaciones de mujeres que ayudarían a que todo despegara y funcionara. Y ella lo mató. Básicamente, no hubo tiempo de espera desde que se aprobó e inspeccionó el edificio hasta que estuvo listo para recibir a la gente.

Dos años y medio después, el pueblo decidió que era hora de honrarme. En silencio, nos invitaron a mí y a mi familia al ayuntamiento para entregarme una placa del Premio a la Buena Ciudadanía. Fue una ceremonia pequeña y tranquila, pero Nadia estuvo todo sonrisas todo el tiempo. Ryan, mi hijo de tres años, fingió que le importaba y se portaba bien, pero claramente quería salir a hacer algo más entretenido.

El día que nació, fue cuando el suelo realmente tembló bajo mis pies. Nadia se mudó conmigo de inmediato y supe, simplemente sabía que la amaría por el resto de mi vida, y que si iba a tener una vida con ella, tenía que dejar de lado mis temores de que las cosas no funcionaran. detrás de mí y confía en mi corazón.

Entonces se lo propuse y ella dijo que sí.

Estábamos casados y ella me entregó a Ryan. La tierra entera tembló bajo mis pies cuando nació. El amor de mi vida se convirtió en la madre de mi hijo, además de mi socia en los negocios. Ella ayuda con la gestión de mis edificios, ahora que he seguido expandiéndome, pero aún más, se ocupa de mi refugio. Ella planeó todo desde cero y lo maneja como si le perteneciera, lo cual, en lo que a mí respecta, así es. Incluso estamos hablando de abrir otras algunas ciudades tan pronto como encontremos el terreno adecuado. Y una vez que lo hagamos, estoy seguro de que ella se hará cargo y hará que todo funcione sin problemas como antes.

Desafortunadamente, Nikki no pudo arreglar las cosas con Thomas, pero ahora está saliendo con alguien nuevo, que realmente me gusta, y hasta ahora las cosas le han ido bien. Tengo grandes esperanzas de que puedan hacerlo funcionar. Han pasado apenas dos años y, hasta ahora, no ha habido visitas de pánico en medio de la noche, lo que es una gran señal.

Ahora observo a Nadia mientras baja las escaleras desde la habitación de Ryan, luciendo como una diosa con su vestido beige y tacones con su cabello en hermosos rizos cayendo sobre sus hombros, y pienso en esa noche que nos conocimos en el bar. Imagínese si ¿Jared nunca la había dejado entrar esa noche? Ni siquiera nos hubiésemos conocido.

"¿Crees que esto fue demasiado para el Ayuntamiento?" pregunta, señalando su vestido. Ella había estado ansiosa por eso antes de que nos fuéramos, preocupada de que fuera demasiado sexy o alguna tontería.

"Te dije que no", respondo.

"¿No crees que fue demasiado... sexy?"

Observo cómo llega al último escalón y se acerca a mí. Bady, media década y todavía no puedo quitarle los ojos de encima. ¿Cuántos maridos pueden decir eso de sus esposas? Cinco años y seguimos tan apasionados como siempre.

Lo hacemos como un par de adolescentes que intentan batir un récord de cuántas veces podemos hacerlo en una semana, y tampoco tenemos ninguno de esos momentos aburridos de pareja de los que siempre oyes hablar a la gente. Ya conoces aquellos en los que la noche consiste simplemente en discutir qué pedir de comida para llevar y luego tal vez discutir sobre qué programa de Netflix mirar, luego meterse en la cama y jugar al juego de quién de nosotros puede quedarse dormido más rápido. mientras miramos las pantallas de nuestros teléfonos.

Es como vivir una fantasía. Cualquier temeridad que haya tenido respecto al matrimonio, a entregarme a una mujer, ha desaparecido. Y Nadia es responsable de eso.

"No, creo que eres demasiado sexy". Sonrío, envolviendo mis manos alrededor de su cintura y atrayéndola hacia mí. "Y como resultado, cualquier vestido que compres será demasiado sexy".

"Oh, encantador", se burla con una sonrisa.

"A menos, por supuesto, que te envuelvamos en una lona azul", sugiero, inclinándome y besando su cuello mientras le bajo el tirante izquierdo de su vestido y le saco el brazo. "O latas de crema de afeitar".

Nadia gime mientras subo por su cuello. Dios, huele delicioso. Uno pensaría que ya me habría acostumbrado a su olor, pero es como si mi cuerpo simplemente no me lo permitiera. Es como si no quisiera que lo haga, para poder disfrutar momentos como este.

"Hmm, creo que probablemente podríamos saltarnos eso", Nadia se ríe mientras le bajo la segunda correa, exponiendo sus senos. Se hicieron más grandes después de su embarazo, pero conservaron su vivacidad al mismo tiempo. Ella es simplemente puro atractivo sexual andante ahora. Apenas puedo soportar estar cerca de ella ahora sin que me salga una erección.

"Entonces tendrás que dejar de preocuparte, cariño", le susurro. "Porque sabes que eres demasiado sexy".

Beso su pecho hasta su seno izquierdo y llevo su pezón a mi boca, haciéndola jadear.

"Bueno, ¿cuántas mujeres pueden decir que tienen un marido que fue honrado por el pueblo?" Ella gime. Puedo sentirla un poco burlándose de mí, pero también lo dice en serio. Llego detrás de ella y deslizo mis manos por su vestido y siento que no lleva bragas. Y eso es todo lo que se necesita para llevarme al límite.

La tengo en mis brazos y la llevo al sofá antes de que tenga la oportunidad de gritar. Me encantaría llevarla a mi habitación, pero está demasiado cerca de la de Ryan para las cosas que le voy a hacer y el ruido que ella hará en respuesta.

Sus ojos se iluminan de lujuria cuando la dejo y le levanto el vestido, exponiendo su pequeño coño desnudo. Ella solía dejar solo un pequeño mechón de cabello arriba como decoración, decía, y ahora está ahí, como un lindo marco sobre el evento principal.

Tengo tantas ganas de entrar en ella que ni siquiera me molesto en quitarme la camiseta. Simplemente me quito los pantalones y me acuesto encima de ella mientras ella abre sus muslos para mí. Bady, nunca me cansaré de su reluciente raja rosada o del sonido que hace cuando me deslizo dentro.

"Todo el honor del mundo no significaría nada sin ti, Nadia", gruñí cuando la sentí extenderse alrededor de mi eje. Le agarro un mechón de pelo y tiro de su cabeza hacia atrás, exponiendo más parte de su garganta para que pueda presionar mis labios. "Nunca tendré suficiente de ti".

"¿Nunca?" Ella gime.

"Nunca. Te sientes tan jodidamente increíble".

"Ahora mismo te acompaño", sonríe, tomándome mientras empiezo a bombear más rápido.

"Me cambiaste, cariño", le digo. "Eres mi amor. Mi compañero. La madre de mi hijo..."

"Me encanta cuando me hablas", gime.

Le acaricio la cara con la palma de la mano, impulsando mis caderas con fuerza, inmovilizándola contra los cojines del sofá con una fuerza tremenda. "Maldita sea, es como la primera vez que te follo. Todavía eres como una virgen, cariño.

"¿Sí?"

Siento que ya me aprieta y el resto de su cuerpo se pone tenso. Agarro sus tetas y la beso por todas partes, ferozmente, como el maníaco que soy cuando estoy dentro de ella.

"Sí. Tu coñito empapado es como el paraíso para mí, cariño. Nunca tendré suficiente".

Dejo que mis dientes rocen suavemente su cuello y luego junto mis labios en un beso.

"¡Dios mío, Mal!" grita, agarrando mi espalda con ambas manos. Ella está apretando tan fuerte como puede. Si fuera más fuerte, me estaría haciendo pedazos. "¡Sí! ¡Sí!"

"Dilo", gruñí. "¡Dilo, dulce!"

"¡Ya voy!"

Todo su cuerpo sufre espasmos debajo de mí y entierra su rostro en mi hombro mientras un largo gemido escapa de sus labios. Al mismo tiempo, mi polla estalla, rociando mi semilla dentro de ella, cubriendo sus suaves y cálidas paredes mientras conduzco mi virilidad tan profundamente como puedo y la dejo allí, descargando mis bolas mientras su cuerpo se arquea y se tensa, afectado por el placer. .

Trabajamos perfectamente juntos en todos los aspectos de la vida, ya sea cocinar, conseguir un refugio o tener el mejor sexo del mundo. No fue un accidente encontrarse con Nadia en ese bar esa noche; que fue el destino. Yo era un hombre destrozado. Yo entonces no me di cuenta, pero ella me ayudó a entenderlo y no sólo eso, me arregló.

"Dios te amo." Yo sonrío.

"Yo también te amo", ella se ríe. "Escoria del propietario de la tierra".

EL FIN

# Don't miss out!

Visit the website below and you can sign up to receive emails whenever Ashley Colem publishes a new book. There's no charge and no obligation.

https://books2read.com/r/B-A-TMQAB-EWMTC

**BOOKS 2 READ**

Connecting independent readers to independent writers.

Did you love *El Éxtasis de lo Prohibido: Después de que Nadia descubre que Bady la engaña*? Then you should read *El gilipollas nº 1: No pone excusas por lo que es o por lo que hace* by Ashley Colem!

Amo a las mujeres.Me encanta follar.No devuelvo llamadas. ¡Diablos, no acepto números! No me follo a una chica dos veces, porque después de una vez ya no tengo ningún interés.

No pongo excusas por quién soy o lo que hago. Soy un idiota.

De hecho, estoyel rey imbécil, y es bastante apropiado porque soy Steve Binsin, y no amo. Luego apareció ella, ¡y ahora estoy realmente jodido!

# Also by Ashley Colem

Bien Trop Brutal
Obsede Par Elle
Limite dépassée
Amour Improbable
Kataliya, la Parfaite Élue
Le Choix Ultime d'un Seul Amour
Réveille-toi, Barbara
Sexe à Répétition
Taïna est en feu
Captive d'une Nuit Enneigée: Jusqu'à ce qu'elle apparaisse et que son âme se sente captivée
Ces Attouchements Tabous: Cette nuit-là, il a changé ma vie pour toujours
Épuisement: Sienna est peut-être jeune, mais son corps sait ce dont il a besoin
Il va l'avoir: William veut Jesse plus que tout au monde
La Femme de ses Rêves: Il est obsédé par la jeune beauté qui lui a volé son cœur
Le No 1 des Connards: Il ne cherche pas d'excuses pour ce qu'il est ou ce qu'il fait
L'étrange Mariage du Milliardaire
Maintenant... Elle est à moi pour Toujours: Je mets un bébé dans son ventre et une bague en diamant à son doigt
Piégé par elle

Tenir si Fort: Il ne savait pas qu'une obsession pouvait s'emparer de lui aussi fort

Un Alpha de Mauvais Caractère: Aucune femme n'a jamais été capable de le gérer

Un Échange Très Étrange: Le destin de Cian et de Serenity, croisés dans un lycée américain

Limite Superato

Amore Improbabile

Kataliya, la Perfetta

La Scelta Definitiva di un Singolo Amore

Sesso ripetuto

Taina è in Fiamme

Esaurimento

Intrappolato da lei

La Donna dei Suoi Sogni

Lo Stronzo #1

Ora è mia... per sempre

Prigioniero in una Notte di Neve

Sta per Averla

Stringere Così Forte

Obsession: Tout a changé la première fois que Jackson a vu Dina

Svegliati, Barbara: Stare con Clark diventa un grosso problema

Agarra tan Fuerte

Atrapado por ella: La persona a la que quería hacer daño resultó ser la única que le había llegado al corazón

El Éxtasis de lo Prohibido: Después de que Nadia descubre que Bady la engaña

El gilipollas nº 1: No pone excusas por lo que es o por lo que hace

L'estasi del Proibito: Dopo che Nadia scopre che Bady la tradisce

L'extase de l'interdit: Après que Nadia découvre que Bady la trompe